文庫

文庫書下ろし／長編時代小説

手練《てだれ》

鬼役 十五

坂岡 真

光 文 社

この作品は光文社文庫のために書下ろされました。

目次

※巻末に鬼役メモあります

幕府の職制組織における鬼役の位置

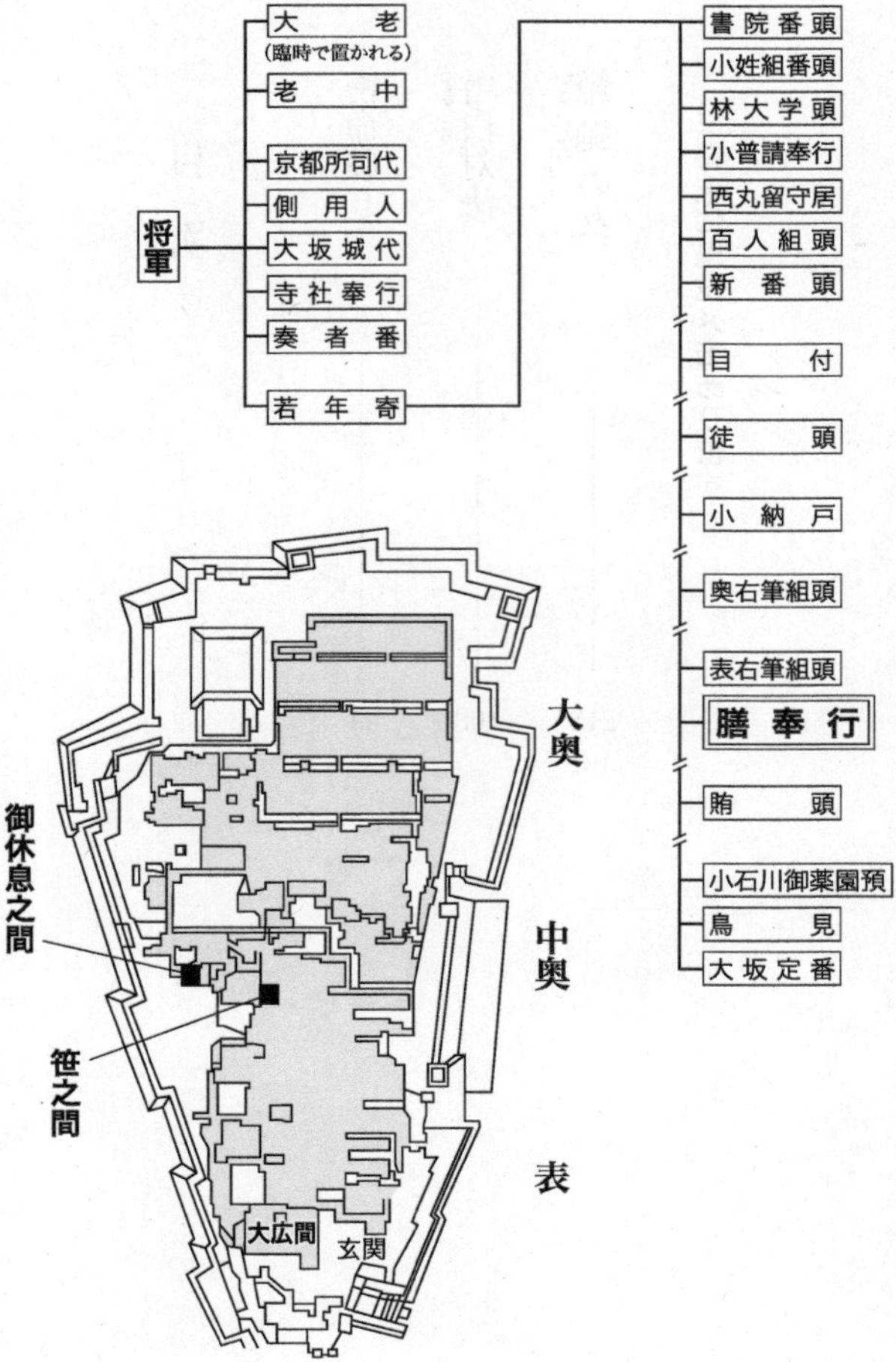

鬼役はここにいる！

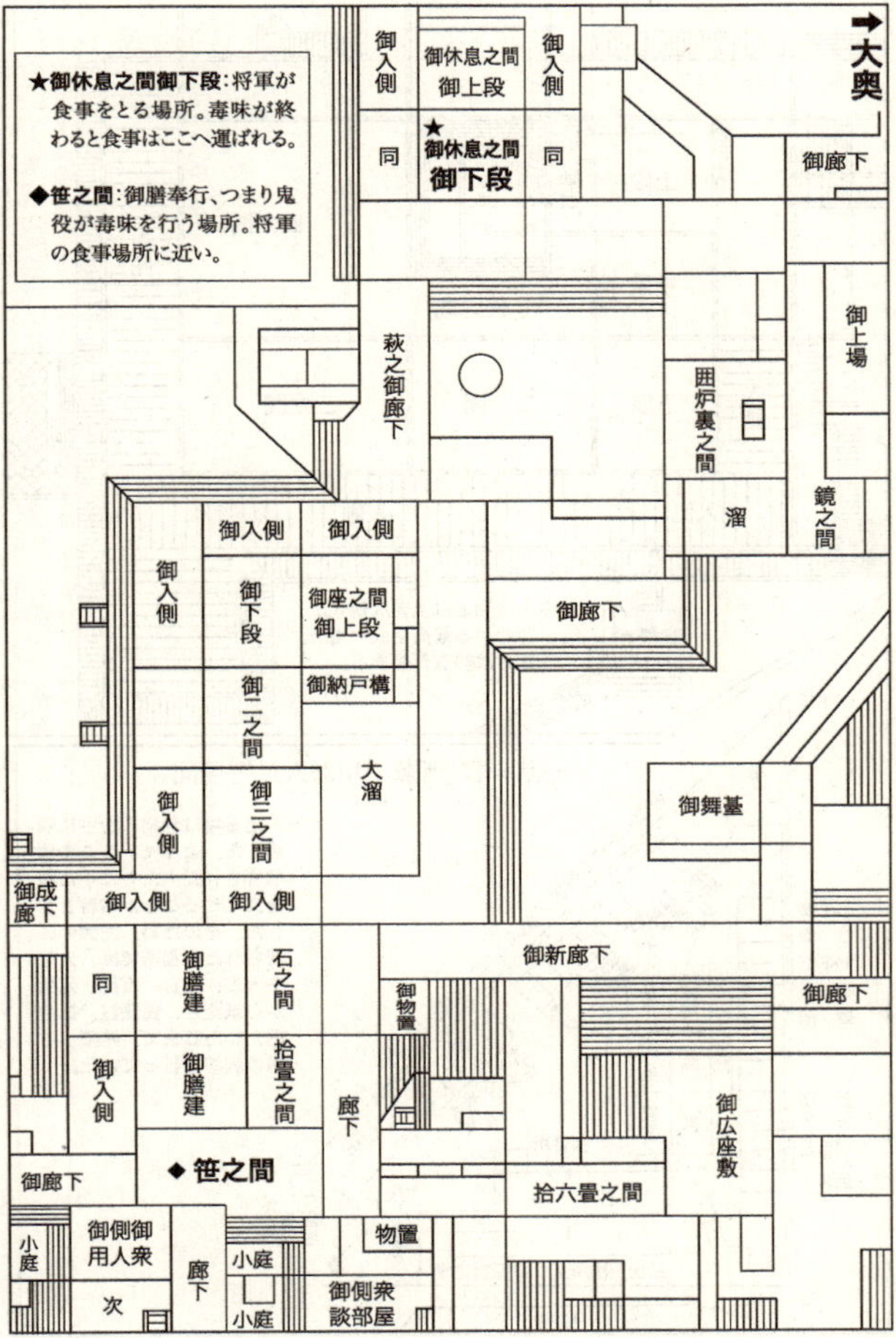
★御休息之間御下段：将軍が食事をとる場所。毒味が終わると食事はここへ運ばれる。
◆笹之間：御膳奉行、つまり鬼役が毒味を行う場所。将軍の食事場所に近い。
大奥
御入側
御休息之間
御上段
御入側
同
★御休息之間
御下段
同
御廊下
萩之御廊下
囲炉裏之間
御上場
溜
鏡之間
御入側
御入側
御入側
御下段
御座之間
御上段
御廊下
御納戸構
御二之間
大溜
御舞臺
御入側
御三之間
御成廊下
御入側
御入側
御新廊下
同
御膳建
石之間
御物置
御廊下
御入側
御膳建
拾畳之間
廊下
御広座敷
御廊下
◆笹之間
拾六畳之間
小庭
御側御用人衆
廊下
小庭
物置
次
小庭
御側衆談部屋

大広間

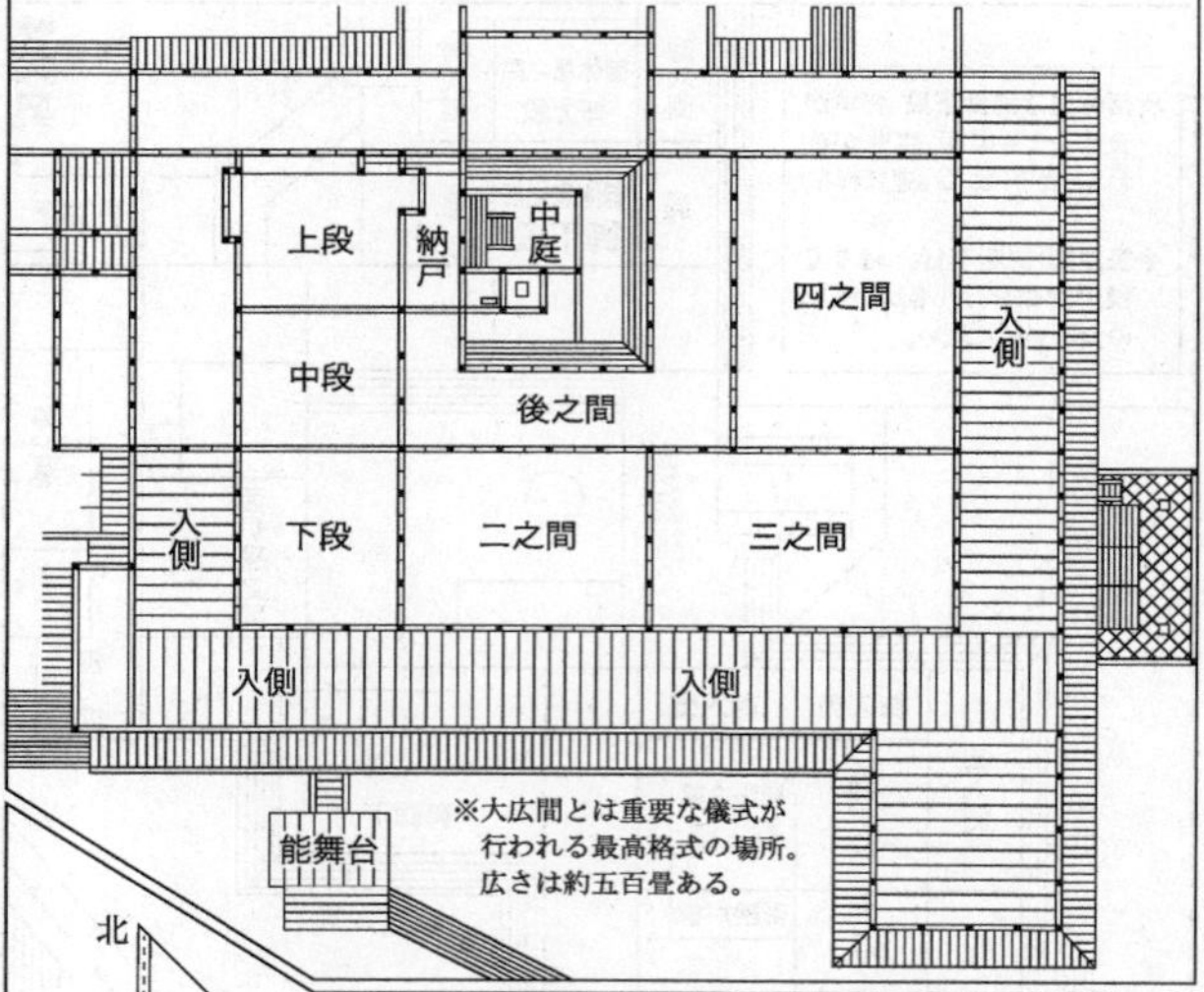

※大広間とは重要な儀式が行われる最高格式の場所。広さは約五百畳ある。

「一話一言」所載石川島人足寄場図

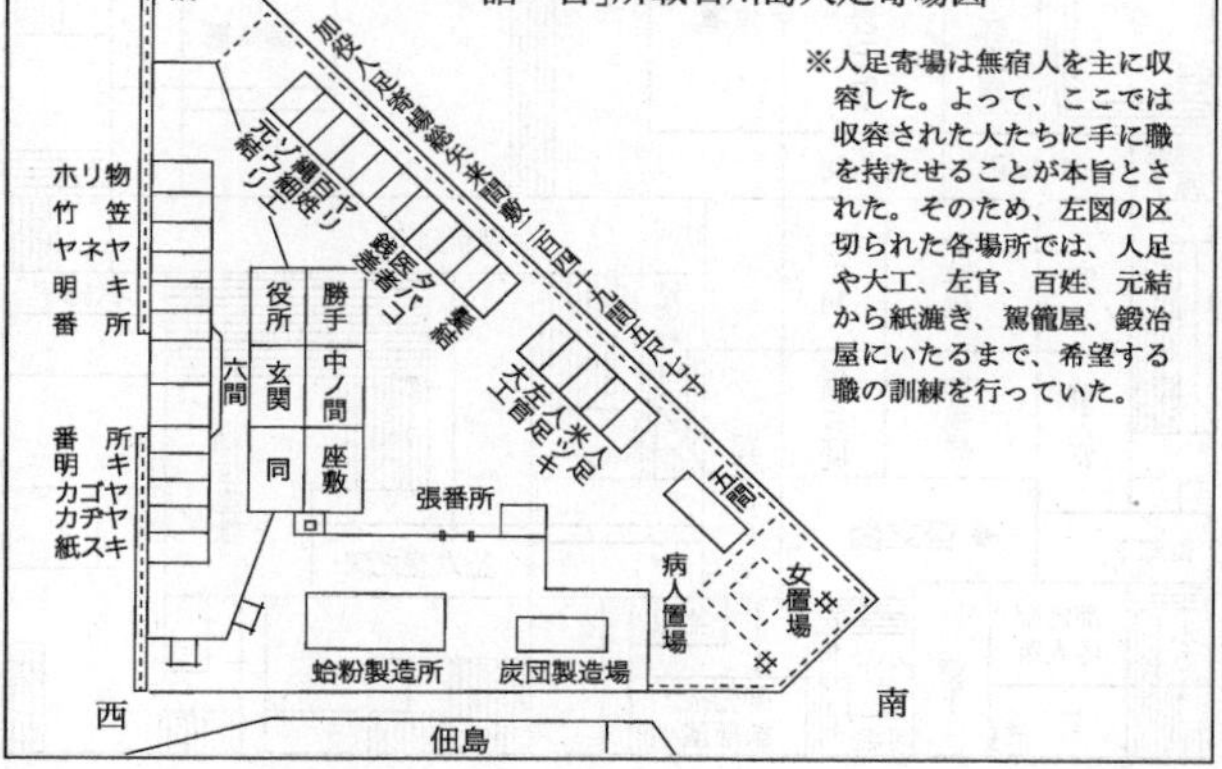

※人足寄場は無宿人を主に収容した。よって、ここでは収容された人たちに手に職を持たせることが本旨とされた。そのため、左図の区切られた各場所では、人足や大工、左官、百姓、元結から紙漉き、駕籠屋、鍛冶屋にいたるまで、希望する職の訓練を行っていた。

江戸城
桜田御門
馬場先御門
和田倉御門
日比谷御門
神田橋
南町奉行所
北町奉行所
山下御門
幸橋
数寄屋橋
新橋
鍛冶橋
南紺屋町
呉服橋
京橋
日本橋
小伝馬町
日本橋川
江戸橋
西本願寺
南八丁堀
弾正橋
八丁堀
八丁堀
稲荷橋
高橋
霊岸島
行徳河岸
箱崎
佃島
石川島
永代橋
大川
大島町
新大橋
深川
越中島
仙台堀
六間堀

主な登場人物

矢背蔵人介……将軍の毒味役である御膳奉行。またの名を「鬼役」。お役の一方で田宮流抜刀術の達人として幕臣の不正を断つ暗殺役も務めてきたが、指令役の若年寄・長久保加賀守に裏切られた。その後、御小姓組番頭の橘右近から再び暗殺御用を命じられているが、まだ信頼関係はない。

志乃……蔵人介の養母。薙刀の達人でもある。

幸恵……蔵人介の妻。徒目付の綾辻家から嫁いできた。蔵人介との間に鐵太郎をもうける。弓の達人でもある。

鐵太郎……蔵人介の息子。

綾辻市之進……幸恵の弟。真面目な徒目付として旗本や御家人の悪事・不正を糾弾してきた。剣の腕はそこそこだが、柔術と捕縄術に長けている。

卯木卯三郎……納戸払方を務めていた卯木卯左衛門の三男坊。わけあって天涯孤独の身となり、矢背家に隣人の誼で預けられている。

串部六郎太……矢背家の用人。悪党どもの臑を刈る柳剛流の達人。長久保加賀守の元家来だったが、悪逆な遣り口に嫌気し、蔵人介に忠誠を誓う。

土田伝右衛門……公方の尿筒持ち役を務める公人朝夕人。その一方、裏の役目では公方を守る最後の砦。武芸百般に通じている。

橘右近……御小姓組番頭。蔵人介のもう一つの顔である暗殺役の顔を知る数少ない人物。若年寄の長久保加賀守亡きあと、蔵人介に正義を貫くためと称して近づき、ときに悪党の暗殺を命じる。

鬼役 十五

手練

密命破り

一

千代田城中奥、笹之間《ささのま》。

切れ長の目には、心なしか力がない。

鬱々《うつうつ》としているのは、毒味の御膳に傷んだ鮑《あわび》が供されたからではなかった。

原因《もと》はわかっている。御小姓組番頭《おこしょうぐみばんがしら》の橘右近《たちばなうこん》から下された密命を果たしていないからだ。

鬼役とも称する御膳奉行の矢背蔵人介《やせくらんどのすけ》には、家業の毒味とは別の困難な役目がある。

養母の志乃《しの》にも妻の幸恵《ゆきえ》にも教えてはならぬ厄介至極な役目のせいで、神経の休まらぬ日々を送ってきた。田宮《たみや》流抜刀術の修練によって培われた強靭《きようじん》な心をもってしても、罪業《ざいごう》の重みに耐えかねて、何もかも投げだしたいとおもうことは一度ならずあった。

今もそうだ。

人を斬ることに、ためらいがある。

相番の桜木兵庫《さくらぎひようご》は、あいかわらず呑気なやつだ。鬼役に似合わぬ太鼓腹を抱え、深海に棲む魚のように目を開けたまま、うたた寝をしている。

蔵人介は衣擦《きぬず》れもさせずに立ちあがり、襖障子を開けて廊下へ爪先を差しだした。後ろ手で戸を閉め、跫音《あしおと》を忍ばせて東の大廊下を渡り、御小納戸《おこなんど》衆の控え部屋を迂回して、南の御膳所へ向かう。料理番のいない御膳所はよく片付いており、へっついの火も消えている。

足袋《たび》を脱いで冷たい三和土《たたき》を抜け、外の砂地を歩いて厠《かわや》までたどりつくと、薄暗がりから気配もなく囁きかけてくる者があった。

「鬼役どの、期限は過ぎましたぞ。いったい、何をためらっておられる」

すがたをみせずとも、声の主が誰かはわかっている。

公人朝夕人《くにんちようじやくにん》の土田伝右衛門《つちだでんえもん》が、人斬りの催促にきたのだ。

星影もまばらな五月闇《さつきやみ》に紛れて、寺社奉行配下の吟味物調役《ぎんみものしらべやく》をひとり斬らねばならなかった。

「御前《ごぜん》はお怒りにございますぞ。いつまで奸臣《かんしん》をのさばらせておくのかと仰せになり、脇息《きょうそく》を叩いた弾みに白檀《びゃくだん》の扇子を折ってしまいに」

「なにっ、白檀の扇子を」

それは橘の愛用していた扇子だった。

近習《きんじゅ》たちも寝静まった深更《しんこう》、大奥との境目にある楓《かえで》之間の奥に隠された小部屋へ呼びつけられ、芳香とともに暗殺の命が下される。蔵人介にとって白檀の香りは、気持ちを滅入《めい》らせるものでしかない。

気持ちが滅入るという点では、毎日小便の臭いを嗅がされている伝右衛門よりはましかもしれなかった。

土田家の家業は座した公方《くぼう》のいちもつをやんわり握り、細長い竹筒に小便をよどみなく流させてやることだ。公人朝夕人は尿筒《しとづつ》の扱いに長じるだけでなく、武芸百般にも秀でていなければならない。伝右衛門こそが公方家慶《いえよし》を守る最強にして最後の盾であるにもかかわらず、小姓たちですらそれを知らずに過ごしていた。

伝右衛門が橘の密偵であることも、蔵人介に暗殺の密命をもたらす死に神の役目を担っていることも、近習のなかで知る者はいない。すべては闇のなかで交わされるべき内容だった。

「お調べになる暇は充分にあったはず。それとも、何か引っかかることでもおありか」

「いいや」

従者の串部六郎太《くしべろくろうた》に探りを入れさせたところ、吟味物調役の真壁八郎左衛門《まかべはちろうざえもん》は、たしかに悪事をはたらいていた。阿漕《あこぎ》な仏具商にはからい、いくつもの寺に須彌壇《しゅみだん》一式から木魚《もくぎょ》にいたるまでありとあらゆる仏具を納入させ、見返りに仏具商から口銭を掠《かす》めていたのだ。

寺の取締をおこなう寺社奉行の配下として、やってはならないおこないにまちがいなかった。悪事を密訴した依頼者が誰であれ、真壁を成敗《せいばい》することにためらう理由は一片もない。

「されば、何故にござります」

「はて」

一度は覚悟を決め、夜通し面を打った。

「道流《どうる》、你如法《なんじにょほう》に見解《けんげ》せんと欲得《ほっ》すれば、ただ人惑《にんわく》を受くることなかれ。裏《うち》にむかい外にむかって逢著《ほうじやく》すればすなわち殺せ……」

仏法の正しい教えを得たいと願うなら、人の定めた権威に惑わされてはならぬ。おのれを縛るものは、すべて断ちきらねばならぬ。と、そうした意味を持つ臨済《りんざい》禅師の説法を口ずさみつつ、鑿《のみ》の一打一打に悔恨《かいこん》と慚愧《ざんき》の念を込め、木曾檜《きそひのき》の表面を削りとった。

——がっ、がっ、がっ。

静寂《しじま》に響く鑿音は死に神の跫音にも似て、おのれの背負った罪業を呼びさまし、狂わんばかりに胸を締めつけた。されど、次第に鑿音は煩悩《ぼんのう》を打ち消す除夜《じよや》の鐘のごとく、静寂のなかに溶けていった。

「……仏に逢《お》うては仏を殺し、祖に逢うては祖を殺し、羅漢《らかん》に逢うては羅漢を殺し、父母に逢うては父母を殺し、親眷《しんけん》に逢うては親眷を殺して、はじめて解脱《げだつ》を得、物とかかわらず、透脱《とうだつ》自在なり」

仏もしかり、祖先も羅漢もしかり、父母も親族もしかり、あらゆる縛《いまし》めを断ちきったさきに解脱がある。かように信じて鑿をふるえば、面打ちは罪業を浄化する儀式とも、殺《あや》めた者たちへの追悼供養ともなり変わる。

薄明《はくめい》になって仕上がった面は、狂言面の武悪《ぶあく》であった。

眦《まなじり》の垂れた大きな眸子《まなこ》に食いしばった口、魁偉《かいい》にして滑稽味のある面構えは、閻魔《えんま》の顔を象《かたど》っている。

おのが分身の武悪面をかぶり、小雨のぱらつく五月闇のなかへ身を投じた。

的となる真壁八郎左衛門は蔵前《くらまえ》の役宅を出ると、自邸のある御徒町《おかちまち》へは帰らずに下谷《したや》広小路から池之端《いけのはた》へ向かった。さらに、不忍池《しのばずのいけ》の畔《ほとり》から無縁《むえん》坂を上りきり、中山道《なかせんどう》を突っ切って菊坂台町《きくざかだいまち》をも通過すると、伝通院《でんずういん》の門前町へ足を運んでいった。

ようやくたどりついたさきは、源覚寺《げんかくじ》という浄土宗の寺だった。

さほど大きくはないが、本尊の「こんにゃく閻魔」は眼病に効験《こうげん》があることで知られている。

由緒ある閻魔像に急造の武悪面では分が悪い。

気を削《そ》がれつつ眺めていると、真壁は人気《ひとけ》もない賽銭《さいせん》箱の手前で草履《ぞうり》を脱ぎ、甃《いしだたみ》に額ずいて何事かを祈りはじめた。

真摯《しんし》な後ろ姿に感じ入り、踵《きびす》を返すしかなかったのだ。

伝右衛門は、一部始終をみていたかのように喋りかけてくる。

「もしや、源覚寺の山門を潜られたのではござるまいな。真壁八郎左衛門には、目に入れても痛くない七つの愛娘がおり申す。その娘が不幸にも目を患っていることは、ご従者の串部どのがすでにお調べのはず。しかも、真壁は二年前に妻女を胸の病で亡くしており申す。無論、かような事情をお知りになったからといって、お役目に遅滞があってよかろうはずはない」

「おぬしに言われずとも承知しておる」

「ふっ、そうはみえませぬな。たとい、心を許した友であっても、血を分けた親兄弟であっても、世のためにならぬ相手ならば引導を渡さねばならぬ。申すまでもなく、忠義は情けより重いものにござる。わずかでも相手に情けを掛ければ、暗殺御用などつとまるものではござりますまい」

伝右衛門はいつになく、くどくどしく文句を並べ、仕舞いには剃刀《かみそり》のような眸子で脅しあげてきた。

「命にしたがわぬと仰せなら、それなりの覚悟を決めていただかねばなりませぬぞ」

それなりの覚悟とは何か。

問うまでもない。密命を果たさぬ者は消される運命にあるのだ。

蔵人介は、ほっと溜息を吐《つ》いた。

「案ずるな」

「おやりになるので」

「ああ」

「されば、今宵じゅうに」

声と同時に、気配も消えた。

あとには厠の臭いがたちこめているだけだ。

蔵人介は手桶に水を汲み、厠の内へ身を差しいれた。

人影がないのをたしかめて腰を屈《かが》め、二本の指を喉に突っこむ。

「ぐえっ」

さきほど食した胃袋の中身が、苦い汁となって吐瀉《としゃ》された。

汁にはおそらく、鮑もふくまれているにちがいない。

すべてを吐ききり、手桶の水できれいに流してやった。

何食わぬ顔で御膳所に戻り、足袋を履いて大廊下をたどる。

笹之間に戻ってみると、相番の桜木兵庫はまだ舟を漕いでいた。

ふん、呑気なやつだ。

蔵人介が座った途端に目を醒まし、火照《ほて》った顔を向けてくる。

「おや、矢背どの。お役目はもうお済みか」

惚《ほう》けた間抜け顔で問われても、苦笑いで応じるしかない。

「夕餉《ゆうげ》の膳には、旬の穴子《あなご》が供されるやもしれませぬぞ」

肉厚の頬に卑しい笑みを浮かべ、桜木は腹の虫を鳴らす。裏の役目をおこなうまえに、夕餉の毒味をつとめねばならぬ。

蔵人介は心を鎮め、一の膳に供されるであろう献立のことを考えた。

二

源覚寺の閻魔像は、右目が黄色く割れている。

縁起によれば、眼病を患った老婆の悲痛な願いに応じ、みずからの右目を与えたのだという。老婆は感謝の気持ちを込めて好物の蒟蒻《こんにゃく》を断ち、供物《くもつ》として捧げつづけた。それが「こんにゃく閻魔」の由来らしい。

的に掛けるべき真壁八郎左衛門は、今宵も蔵前にある寺社奉行の役宅を退出すると、御徒町を通りすぎ、不忍池の畔《ほとり》をめぐって無縁坂を上り、小石川《こいしかわ》伝通院の手前にある源覚寺の山門を潜りぬけた。

「ああして夜ごと願掛けに通う。娘をおもう心情が痛いほどに感じられますな」

従者の串部が厳《いか》つい顔をゆがめた。同情しているのだ。

柳剛流《りゅうごう》の臑斬《すねぎ》りを得手《えて》とする剣客のくせに、近頃はすっかり泣き上戸になった。

「酒臭いぞ」

やんわりたしなめてやると、串部は横幅のある蟹《かに》のようなからだを揺すり、ひらきなおってみせる。

「これが呑まずにいられますか。なるほど、真壁八郎左衛門は悪事をはたらいておりました。仏具屋から口利き料を掠《かす》めとるなど、もってのほかにござる。されど、そもそもは糞が付くほど真面目な忠義者。すべては、娘の目を治したいがため仕方なしにやったことだとすれば、こたびの密命はちと酷《むご》すぎると言わねばなりますまい」

今から事におよぶにあたって、捨ておけぬ言いぐさだった。

「串部、それはいったい、どういうことだ」

蔵人介にぎろりと睨まれ、武骨者の従者は首を縮めつつも応じる。

「真壁八郎左衛門は、源覚寺に多額の寄進をおこなっております」

「ふうん、そうであったか」

金の使い途がわかったところで、それが何だというのだ。悪事に手を染めている事実が帳消しになるわけではあるまい。

「わずかでも相手に情けを掛ければ、暗殺御用などつとまるものではないぞ」

蔵人介は伝右衛門に諭された台詞《せりふ》を、そっくりそのまま串部に告げた。

「されど、殿。真壁を斬れば、七つの娘は天涯孤独の身になりまする」

「それも運命《さだめ》」

と、みずからに言いきかせ、蔵人介は重い足を一歩踏みだした。

真壁は賽銭箱の手前で跪《ひざまず》き、こんにゃく閻魔に祈りを捧げている。

さらに一歩踏みだしたとき、山門のほうから一陣の風が舞いこんできた。

猿《ましら》のような影が参道にあらわれるや、本堂めざしてまっしぐらに駆けていく。

「あっ」

呆気《あっけ》に取られる串部を残し、蔵人介は脱兎《だっと》のごとく走りだした。

腰にあるのは来国次《らいくにつぐ》、柄《つか》に八寸の刃を仕込んだ長柄刀《ながつかとう》である。

左手で鯉口《こいぐち》を握りしめ、低い姿勢で斜め後方から追いかけた。

真壁は尋常ならざる気配を察し、亀のように伸ばした首を捻《ひね》る。

「……な、何者」

叫んだ顔面に向かって、やにわに、刺客の刃が襲いかかった。

「ひゃっ」

真壁は尻餅をつきながらも横転し、賽銭箱の陰に身を隠す。

「でや……っ」

裂帛《れっぱく》の気合いともども、大上段から二ノ太刀が振りおろされた。

──ばすっ。

刹那《せつな》、賽銭箱がまっぷたつになった。

何とも凄まじい膂力《りょりょく》だ。

無論、膂力だけで堅固《けんご》な賽銭箱を両断することはできない。

「待て」

蔵人介は、駆けながら叫んだ。

振りむいた男は、黒い布で鼻と口を隠している。

いや、そうではない。

顔半分が髭《ひげ》で覆われていた。

「邪魔だていたすな」

髭侍は重々しく吐きすて、本身《ほんみ》をふわりと持ちあげる。

力みのない独特な構えだ。

上段とも中段ともつかず、柄を握った両拳は大きく中心線から外れている。
それでいて、平青眼《ひらせいがん》に寝かした剣先は、ぴたりとこちらの眉間につけられていた。
蔵人介は一瞬のためらいをみせつつも、撃尺《げきしゃく》の間合いを飛びこえる。
「ぬりゃ……っ」
喉元を狙い、国次を抜きはなった。
丁字《ちょうじ》の刃文が光る。
——きいん。
腰反りの強い本身が、ものの見事に弾かれた。
強い。
一刀交えれば、実力のほどは即座にわかる。
ただし、髭侍は返しの一撃を繰りださない。
「居合か、捷《はや》いな」
ひとこと漏らし、間合いから逃れた。
小さな眸子《まなこ》に笑みを浮かべ、刀を鞘《さや》に納める。
くるっと背中をみせるや、軽快な走りで去っていった。
山門の向こうに消えるまで、蔵人介は目で追いつづける。

「久方ぶりだな」

歯ごたえのある相手と刀を交えた。

串部が息を弾ませてやってくる。

「殿、だいじございませぬか」

「だいじない。それより、あれをみろ」

ふたつになった賽銭箱を指差すと、串部はことばを失った。

「上段の構えにおぼえがあったぞ」

「拙者も目にいたしました。あの構えは馬庭念流《まにわねんりゅう》にござります」

「さよう。奥義《おうぎ》の岩斬りで賽銭箱を両断したとみえる」

「しかも、殿の一刀からあっさり逃れるとは。かなりの手練《てだれ》とみて、まちがいはございますまい」

ふたつになった箱からは、賽銭が溢《あふ》れていた。

手垢の付いた波銭《なみせん》を枕にして、真壁が俯《うつぶ》せに倒れている。

「ちっ、いつまで寝ていやがる」

串部がまわりこみ、上から覗きこんだ。

「殿、金瘡《きず》は負っておりませぬぞ」

蔵人介は刀を握ったまま、黙然《もくねん》と歩みよる。

串部が頰を強張《こわば》らせた。

「……ま、まさか、おやりになるので」

蔵人介は足を止め、国次を黒蠟《こくろう》塗りの鞘に納めた。

ふっと、薄い唇《くち》もとから笑みが漏れる。

「案ずるな。髭侍の正体をあばくのが先決だ」

「えっ、髭でございますか」

「ああ、顔半分が濃い髭で覆われておった」

「なるほど。髭を剃《そ》らねば、捜しようもあろうかと」

串部は真顔で応じる。

ともあれ、真壁八郎左衛門には一刻の猶予が与えられた。

はたして、それが本人にとってよかったのかどうか、蔵人介にも判断はできかねた。

三

真壁八郎左衛門は気がつくと、走るようにして家路をたどり、翌日からは流行《はやり》の病と偽って屋敷内に籠もった。

それをみさだめたうえで、蔵人介と串部はさっそく動いた。

足を向けたさきは浅草《あさくさ》の東本願寺《ひがしほんがんじ》へ通じる新堀《しんぼり》沿い、そこに大和屋《やまと》与右衛門《よえもん》が見世を構えている。

真壁ともども引導を渡さねばならぬ阿漕な仏具屋だ。

周囲は寺院ばかりで仏具屋が軒を並べており、隣同士でうだつの高さを競いあっていた。大和屋は新興にしてはうだつも高く、間口の広さも際立っている。

「あれも口利きのおかげにござりましょう」

串部が皮肉を漏らした。

大和屋を訪ねた理由は、真壁との黒い関わりを確かめることだ。

敷居をまたいで尋ねてみると、主人の与右衛門はあいにく留守にしているという。

仕方なく店先に戻ったところで、小さな稲荷の祠《ほこら》をみつけた。

屋敷神であろうか、隣家との狭間に鳥居が建っており、鳥居の奥ではうらぶれた風体《ふうてい》の老人が熱心に祈りを捧げている。

丸まった後ろ姿に目を貼りつけていると、手代が水桶を提《さ》げてあらわれた。

「こら、爺《じじい》。また来やがったな」

手代は頭から叱りつけ、水を掛けるふりをする。

「ひぇっ」

老人は頭を抱え、鳥居の外へ逃げてきた。

躓《つまず》いて転んだところへ、手代が駆けよせる。

「今度来たら覚悟しろと言ったはずだぞ」

「すみません、このとおりでござります」

「その台詞は聞きあきた。今日という今日は、番屋につきだしてやる」

「ご勘弁を。それだけは、ご勘弁を」

あまりに哀れなので、蔵人介は声を掛けてやった。

「おい、無体《むたい》なまねはよさぬか」

手代はこちらに気づき、はっとして息を呑む。

串部が強面《こわもて》で「しっ、しっ」とやると、すごすご敷居の内へ消えていった。

老人は団子虫のように縮こまり、額を地べたに擦りつける。

「おありがとう存じます。ご無礼ながら、寺社奉行さまのところのお役人さまであられましょうか」

「ん」

「やはり、さようでござりましたか。伊賀守《いがのかみ》さまのご家中であられますな。手前はけっして、怪しい者ではござりませぬ。紋十《もんじゅう》と申す老《お》い耄《ぼ》れにござります」

今は隠居して目黒《めぐろ》村のほうに引っこんだが、一年前まではこの土地で祖父の代から受けついだ仏具商を営んでいたという。

「この土地とは、大和屋の土地のことか」

「はい」

一年前、博打《ばくち》にはまって身を持ちくずし、胴元の地廻りから家屋敷を奪いとられた。それを居抜きで買ったのが、大和屋であった。家屋敷は他人の物となったが、屋敷神の稲荷社がどうしても気になり、月に何度か詣《まい》りにきているという。

「そのたびに、さきほどのような扱いを受けております」

「詮方《せんかた》あるまい」

と、串部が言った。

「家屋敷と同様、屋敷神も他人の手に渡ったのだ。今さら、未練がましく拝みにこられても迷惑なはなしであろう」

「それはそうかもしれませぬが、あのお稲荷さまは手前の寄る辺《よるべ》なのでござります。ちゃんとお掃除をしていただいているか、供物を捧げてもらっているか、この目で確かめねば気がすみませぬ」

「しょうがねえ親爺だな」

溜息を吐く串部とちがい、蔵人介は優しげに問うてやる。

「さきほど、伊賀守の家中と申したな。何故、そうおもったのだ」

「仏具商の店に両刀差しで来られるお侍と申せば、寺社奉行さまのご家中にきまっております。しかも、大和屋さんは昨年の暮れ、松平《まつだいら》伊賀守さまの御用達になったばかりにござりますれば、容易に想像はつきまする」

「なるほど」

大和屋が信州上田藩《しんしゅううえだ》の御用達とは驚いた。

お墨付きを得た裏には、真壁八郎左衛門の推挙でもあったのだろうか。

蔵人介は素姓を明かさず、真壁のことを聞いてみようとおもった。

「ご老人、吟味物調役の真壁八郎左衛門どのをご存じか」

「ええ、それはもう、真壁さまには前の御奉行さまのころより、ひとかたならぬご厚情を賜っておりました」

「まことか」

「はい」

蔵人介が身を乗りだすと、しょぼくれた老人は得意気に胸を張る。

紋十の言う「前の御奉行さま」とは、上野館林《こうずけたてばやし》藩六万石を領する井上河内守正春《いのうえかわちのかみまさはる》のことらしい。昨年四月、河内守は大坂城代《おおさかじょうだい》へ昇進し、それと入れ替わるように信州上田藩五万三千石を領する松平伊賀守忠優《ただます》が寺社奉行となった。伊賀守は二十七歳の若さで抜擢《ばってき》された聡明な殿様らしく、城内の噂によれば将来は老中になるほどの器と期待されている。

その伊賀守に仕え、役宅を兼ねた蔵前の上屋敷に通っている真壁ではあったが、身分は松平家の家臣ではない。歴《れっき》とした直参《じきさん》だった。

旗本《はたもと》も昇進できる町奉行や勘定奉行と異なり、寺社奉行になることができるのは大名だけだ。役に就いているあいだは、捕り方も大名家に属する陪臣《ばいしん》たちでまかなわねばならない。ただし、奉行の入れ替わりが頻繁になってくると、役目に精通する古参役人がいなくなる。それを回避する手だてとして、幕府は吟味物調役という役職を設けた。

奉行とその家中がまるごと替わっても、吟味物調役だけは同じ役職に留まっている。

根が生えたように居座っているため、大名家の家中からは煙たがられたが、疎遠にすれば役目のほうが滞ってしまいかねない。なぜなら、寺社奉行所の役目に関しては誰よりも詳しいうえに、寺社や出入りの商人たちとの繋《つな》がりも濃いからだ。事実、真壁八郎左衛門が居なければ、松平家の連中が不便を強《し》いられるのは目にみえていた。

それにしても、紋十はよほど世話になったのか、真壁をやたらに褒《ほ》めそやす。

「案じられるのは、南郷丈八《なんごうじょうはち》さまとの関わりにござります」

「ん、南郷とは」

「おや、ご存じないとはおめずらしい。真壁さまを兄のように慕っておられたご配下にござりますよ」

南郷丈八なる同心は暮らしに困ってまとまった金子《きんす》が要りようになり、浅草の地廻りから高利の金を借りた。ところが、返済に行き詰まり、何と役宅内の古井戸に身を投げてしまったのだという。

「外向きには病死とされましたが、悲惨な死に方をなされたことを、われわれの仲間内では知らぬ者とておりませぬ。じつを申せば、南郷さまに地廻りを紹介したのは、手前なのでございます……う、うう」

紋十は地べたに手をつき、涙を流しはじめる。

蔵人介はみずから手を貸し、抱きおこしてやった。

「泣いておってはわからぬ。わしでよければ、おもいのたけをぶちまけてみよ」

「……よ、よろしいので」

この機を待っていたかのように、紋十は喋りだす。

「その地廻りは、博打の胴元でもありました。ご想像どおり、手前から家屋敷を奪いとった地廻りにございます。南郷さまはそれと知りながらも、うらぶれた手前を訪ねてこられ、地廻りとの橋渡しを頼むと仰《おつしや》いました。手前は断りきれず、うなぎの重五郎《じゆうごろう》を紹介したのでございます」

「地廻りは、うなぎの重五郎と申すのか」

「はい。浅草の諏訪《すわ》町《ちよう》に一家を構えております。地元では『うな重』と呼ばれ、気前の良い親分で通っております」

「『うな重』か」

「捕まえようとしてもするりと逃げてしまうので、さようなふざけた俗称が付けられたと聞きました」

「ふうん、それで」

南郷は「うな重」から借金をし、一度に返済しようとおもって博打に手を出した。

「申すまでもなく、博打の胴元は重五郎にござります。南郷さまはカモにされ、借金は雪だるまのように膨らんだ。何もかも、手前のせいなのでござります。お詫びのしようもござりません」

半年前、南郷は首を縊り、多額の借金だけが残った。

妻と娘が借金のカタに取られる段となり、上役の真壁が俠気《きようき》をみせたという。

「真壁さまは借金を肩代わりし、ご妻子をお助けになりました」

「まことか、それは」

「はい」

蔵人介は串部と顔を見合わせた。

真壁が大和屋から手にした口銭は、こんにゃく閻魔への寄進だけにとどまらず、どうやら、悲惨な死に方をした配下の妻子を救うためにも使われていたようだ。

「真壁さまは借金を肩代わりして以来、相当なご無理をなさっていると小耳に挟みました。それゆえ、こうしてお稲荷さまにも祈念していたのでございます」

真壁を阿漕な地廻りどもから守ってほしいと祈っていたらしい。

蔵人介は首をかしげた。

「何故、真壁どのが地廻りに狙われねばならぬ」

「弱みを握られてござります」

紋十は声を落とし、唐突に口を噤《つぐ》んだ。

蔵人介はさきほどとは打ってかわり、恐い顔を近づけてみせる。

「弱みとは何だ。吟味物調役ともあろう者が、地廻りごときに強請《ゆす》られているとでも申すのか」

「……こ、これ以上はご勘弁を」

「いいや、こたえてもらおう。もしや、大和屋から貰っておる口利き料の件で強請られておるのではあるまいな」

「……ご、ご存じなので」

「ああ、知っておるぞ」

「されば、真壁さまはどうなってしまわれるのでござりましょう。もしや、御役御免とか。どうか、それだけはご勘弁を」

「はい。ひとり娘の嫁ぎ先もお探しいただきました。大森《おおもり》の海苔《のり》屋でございます。もう三年になり、跡継ぎも生まれました。おかげさまで、手前は後顧《こうこ》の憂《うれ》いもなく死ぬことができるのでございます」

「おぬし、そこまで真壁八郎左衛門の世話になったのか」

地べたに額を擦りつけ、紋十は顔をあげようともしない。

蔵人介は膝を寄せ、痩せた肩に手を置いた。

「ご老人、口利き料のこと、誰かに喋ったか」

「……い、いいえ」

紋十は砂だらけになった顔をあげ、首を横に振る。

土竜《もぐら》に似ているなとおもいつつ、蔵人介はなおも問うた。

「それなら、何故、見も知らぬわれらに喋ったのだ」

ぐっとこたえに詰まり、土竜の紋十は目に涙を浮かべる。

「じつを申せば、お稲荷さまからお告げがあったのでございます。もうすぐ救いの神があらわれるゆえ、正直に悩みを打ちあけるがよいと。大和屋の手代から救っていただいたとき、ああ、お告げのお方にまちがいないとおもいました。それで、おもいきって、お声を掛けさせていただいたのでございます」

真壁にとっては死に神であるはずの自分が、救いの神にまちがわれるとは、何とも皮肉なはなしだ。屋敷神の稲荷神を拝めば、かならずや、真壁を手に掛けるでないというお告げが下るにちがいない。

蔵人介は、やりきれない気分にさせられた。

四

土竜に似た老人をさらに追及すると、信じがたいことがわかった。

地廻りの重五郎は何と、寺の宿坊を借りて密かに賭場《とば》を開帳しているというのだ。

昨今は取締が厳しくなっているので、大名屋敷の中間《ちゅうげん》部屋などでも博打は自粛する傾向にある。そうしたなか、神聖な寺領内で賭場を開くというのは、お上《かみ》を愚弄《ぐろう》するにもほどがあった。

だが、おもいもよらぬ場所だからこそ、地廻りも目をつけたにちがいない。

なるほど、抹香《まっこう》臭い寺の奥ほど隠れ蓑《みの》に適したところはなかった。

夜、蔵人介が足を向けたさきは、浅草の北外れにある安楽寺《あんらくじ》という寺だった。

生臭住職は善良《ぜんりょう》と称し、名のとおり見掛けは徳の高そうな五十前後の僧侶で、檀家たちからも信頼されている。ところが、人々が寝静まる頃合いになると、胴元の重五郎に広々とした伽藍《がらん》を貸しあたえ、罰当たりなことに金満家たちを集めて丁半博打《ちょうはん》をおこなわせていた。

潜りこむのに面倒な手続きはいらない。

なにせ、賭場が開帳されていることを知る者でなければ、夜の寺を訪れる者などいないからだ。

それに、亥《い》ノ刻を過ぎれば表の山門は閉められる。

裏の木戸口で合言葉に応じられなければ、入山は許されなかった。

合言葉を探るべく、土竜の紋十にむかしの繫がりをたどらせ、紋十の導きで串部が亀屋万太郎《かめやまんたろう》という博打好きな菓子屋の主人を訪ねた。

万太郎は養子なので、串部が「内儀《ないぎ》に悪所《あくしょ》通いをばらすぞ」と脅したら、あっさり合言葉を教えてくれた。ついでに、紋十は亀屋からたいそう立派な余所《よそ》行きの着物を借りうけた。しかも、うなぎ一家の連中に顔を知られているため、気づかれぬように損料屋《そんりょうや》で黒染めの鬘《かつら》まで借りた。

「馬子《まご》ならぬ、土竜にも衣裳だな」

串部は「がはは」と嗤《わら》い、つきあわされて迷惑顔の紋十を鼓舞《こぶ》した。

三人は金満家に随行するふたりの用心棒という体裁を整え、浅茅《あさじ》ヶ原《はら》にほど近い浅草橋場《はしば》の片隅までやってきた。

少し歩けば、千住《せんじゅ》大橋へたどりつく。

川のそばなので、土手を吹きぬける風がじつに心地よい。

空には月も出ているのだが、山門を照らす月光は暗さを際立たせるものでしかなかった。

「こんなところで賭場が開帳されているとはな」

「じつは、手前もお寺での博打は初にございます。噂には聞いておりましたが、この目で盆茣蓙《ぼんござ》をみるまでは信じられませぬ」

串部と紋十のやりとりを背にしつつ、蔵人介は裏手へまわっていく。

築地塀《ついじべい》の途切れたあたりに、裏木戸があった。

「あれか」

串部に促され、紋十が先頭に立つ。

三人は塀に沿って進み、裏木戸の正面に立った。

紋十は一歩踏みだし、こんこんと板戸を敲《たた》く。

向こう側に、人の気配が近づいてきた。

「鰻《うなぎ》」

と、低い声が聞こえてくる。

「胆《きも》」

紋十が掠れた声で応じた。

ぎぎっと、木戸が開く。

胸を撫でおろして踏みこむと、提灯を手にした若い衆が立っていた。

「ようこそ、おいでくださりやした。ささ、こちらへ」

名も誰何《すいか》されず、宿坊の裏口へ案内される。

暗がりから草履取りがあらわれ、履き物を脱がされた。

さらに、肩を怒らせた小狡《こずる》そうな男がやってくる。

「うえっ、若い衆頭《がしら》の修三《しゅうぞう》だ」

紋十は見知っているのか、顔を下に向けた。

串部がずいと前へ踏みだし、若い衆頭に応対する。

「ようこそ、お客人。敢えてお名はお聞きしません。そちらのおふたりは、用心棒の先生方でござんすね」

「ん、ああそうだ」

串部は偉そうに胸を張り、大小を鞘ごと抜いてみせる。

「早《はよ》う案内《あない》せよ」

「へい。それが、盆茣蓙のほうが混みあっておりやして、付き添いはおひとりかぎりに願《ねげ》えやせんか」

串部にも同意を求められ、蔵人介はうなずいた。

「わかった。なれば串部、おぬしが随行いたせ」

「はっ」

蔵人介に命じられ、串部は嬉しそうに頭を下げる。

「ではどうぞ。おふたりはこちらへ」

串部と紋十は修三の背につづき、廊下の向こうに去っていく。

蔵人介は草履取りに導かれ、すぐそばの囲炉裏部屋に身を入れた。

すでに、目つきの悪い野良犬どもが集まっている。

蔵人介はひとりだけ浮いてみえたが、気に掛ける者もいない。

用心棒は徐々に増え、仕舞いには三十人を超えた。

それだけの客が来ているということだ。

囲炉裏部屋は人いきれで息苦しいほどになる。

廊下へ出てみると、草履取りが目を光らせていた。

「どちらへ」

「厠だ」

ぶっきらぼうに応じると、厠への順路を説いてくれた。

従《つ》いてこないのをさいわいに、蔵人介は廊下の奥へと進んでいく。

百目蠟燭《ひゃくめろうそく》に照らされた伽藍《がらん》のなかは紫煙で霞み、盆茣蓙のまわりには大勢の客が座っていた。壺振りが賽《さい》の目を振りだすたびに歓声と溜息が漏れ、刺青《ほりもの》を背負った若い衆が「張った張った」と客を煽《あお》りたてる。

紋十と串部のすがたもあった。持ち金を駒に替え、身を乗りだしている。本来の目途《もくと》を忘れているのだ。

蔵人介は歓声を背にして、さらに廊下の奥へと進んでいった。

抹香臭さは次第に薄れ、花の芳香が漂ってくる。

廊下を曲がると中庭があり、梅雨の時分に咲く花々が石灯籠の明かりに映えていた。

夾竹桃《きょうちくとう》や石榴《ざくろ》は仏縁の花だが、端のほうでどす黒くみえる皐月《さつき》の叢《くさむら》が不気味な色気を放っている。

「ひゃっ」

突如、女の嬌声《きようせい》が聞こえてきた。

廊下のどんつきを曲がった離室《はなれ》のようだ。

跫音を忍ばせて近づくと、閉めきった障子越しに抱きあう男女のすがたが影絵のように浮かんでいた。

有明行灯《ありあけあんどん》に照らされ、人影が揺らめいている。

ここが寺院の宿坊内であることを忘れさせた。

男は坊主頭で、女のほうはあられもない姿態で喘《あえ》いでいる。

耳を近づけた。

「……ああ、善良さま。妙適《みようてき》が近《ちこ》うござります」

「おお、わしもじゃ……極楽へ、導いてくれようぞ」

どうやら、住職みずから邪淫《じやいん》の戒《かい》を破っているところらしい。

踏みこんで斬っても、おそらく、阿弥陀如来《あみだにょらい》にはお許しいただけよう。

いずれにしろ、この安楽寺は悪党の巣窟《そうくつ》になりはてているようだった。

喘ぎを背に踵を返し、長い廊下を渡って囲炉裏部屋まで戻ってくる。

「ずいぶん遅いお帰りで」

草履取りは声を掛けてきたが、深くは追及しない。
盆茣蓙を覗いてきたとでもおもったのだろう。
部屋にはいりかけたところへ、ちょうど、入れ替わりに出てくる者があった。
擦れちがいざま、殺気が膨《ふく》らむ。
蔵人介は気にせずに部屋へ踏みこみ、片隅に腰を下ろす。
相手は一瞬だけ足を止め、振りかえらずに盆茣蓙のほうへ向かった。
すでに、蔵人介は気づいていた。
こんにゃく閻魔で真壁八郎左衛門を襲った馬庭念流の手練《てだれ》だ。
ちらりと顔をみたが、やはり、頬と顎は濃い髭に覆われていた。
しばらくじっとしてほとぼりを冷まし、盆茣蓙へ出向いてみる。
ふたつの賽《さい》が小気味よく音を鳴らし、壺が伏せられたところだ。
場の空気がぴんと張りつめ、客たちは固唾《かたず》を呑む。
「丁」
「わしも丁だ」
丁への賭けがつづく。
「半方、半方ないか」

「よし、半だ」

「おれも半」

中盆《なかぼん》の煽りに応じ、何人かが半に駒を張った。

何と、そのなかには紋十もいる。

「半だ、くそったれ」

しょぼくれた土竜ではない。

何やら、人が変わっていた。

「勝負っ」

諸肌《もろはだ》脱ぎの壺振りが、すっと壺を開いた。

「ぴんぞろの丁」

歓声と罵声が錯綜する。

合力《ごうりき》の操る手長《てなが》が伸び、紋十と串部の面前に積まれた駒は消えていった。

「くそったれ、負けた負けた、ぜえんぶ負けた。くそおもしろくもねえ」

蔵人介が顔をしかめて下座に目を移すと、衝立《ついたて》で仕切られた内証《ないしょう》があった。

案内役の修三が座っており、かたわらには小太りの狸顔が偉そうに煙草《たばこ》を吹《ふ》かしている。

うなぎの重五郎であろう。

箱火鉢の縁に煙管《キセル》の雁首《がんくび》を、かつんと力任せに叩きつけている。

さらに、内証の端へ目を向ければ、髭面の侍が座っていた。

手練の髭侍は、うなぎ一家に雇われていたのである。

ということは、重五郎が真壁を葬るべく、刺客を放ったのだろうか。

理由はよくわからない。

重五郎は南郷丈八という真壁の配下に高利の金を貸しつけ、丁半博打に誘って破滅させた。紋十も同じ手口で破滅させられ、土地と家屋敷を取りあげられた。そこで新たに商いを始めた大和屋は、真壁の口利きで利益をあげている。

一見すると、地廻りと阿漕な仏具屋と役人は利で繋がっているように映る。たがいに持ちつ持たれつの関わりをつづけていけば、敢えて危ない橋を渡る必要もあるまい。

「わからぬ」

もっと詳しく調べてみないことには、真壁が命を狙われた理由は浮かんでこない。

やがて、賭場はおひらきとなり、客たちは三々五々家路についた。

蔵人介たちも帰るふりをして、山門のみえる物陰に隠れて待機する。

しばらくすると、山門が開き、若い衆頭の修三に先導されて荷車があらわれた。
荷車のかたわらには、強面の髭侍も控えている。
肝心の荷は筵《むしろ》で覆われていたが、隙間を覗くと、千両箱であることがわかった。
博打の売上かもしれない。
蔵人介は串部と顔を見合わせた。
「きっと、そうだな」
今宵のあがりを、寺の外へ運ぶ腹なのだ。
ふたりは紋十と別れ、慎重に荷車を追った。
たどりついたさきは、さほど遠いところではない。
浅草の新堀沿いに建つ蔵のひとつである。
白壁に屋号がみえた。
「何と、大和屋の蔵にございますぞ」
串部に囁かれ、蔵人介はさすがに驚きを禁じ得なかった。

五

翌晩から、串部に仏具商を見張らせた。

動きがあったのは、蔵人介も見張りについていた三日目の晩だ。

しとしと雨が降る蒸し暑い晩で、大和屋与右衛門は宝仙寺駕籠《ほうせんじかご》に揺られ、柳橋《やなぎばし》の料理茶屋へ向かった。

一見《いちげん》の客にとっては敷居の高い『えんぺら』という屋号の見世だ。

蔵人介も一度だけ勘定奉行の遠山金四郎《とおやまきんしろう》に連れていかれたことがある。

「えんぺらってのはすっぽんの甲羅の内側でな、平目《ひらめ》の縁側みてえなもんだ」

と、金四郎が教えてくれた。

夏のあいだも『えんぺら』の目玉はすっぽん鍋だ。蔵人介はすっぽんの生き血を呑まされ、翌朝まで眠気を感じなかったのをおぼえている。

金四郎とは格別に親しい仲ではなかったが、時折、先方から「呑みにいかねえか」と誘われた。行く先は軍鶏《しゃも》肉の鋤焼《すきや》きを食わせる見世であったり、鮟鱇《あんこう》の胆を食わせる見世であったり、さまざまだ。今でも若い頃の習慣が抜けず、町人風体で町中を気儘《きまま》にぶらつくだけあって、金四郎は美味いもの屋をよく知っている。すっぽん料理はじつに美味かった。ただし、宴席ですっぽんをふるまうとなれば、主賓にはかならず別の楽しみが控えている。女だ。柳橋の茶屋に呼ばれる芸者は縹緻《きりよう》も気配りも当代一、身持ちは堅いが交渉次第では一夜をともにしてくれる。

「拙者も仏具商に接待されてみたいものでござる」

串部は軽口を叩き、蔵人介に睨まれた。

大和屋が口銭を払っていた真壁八郎左衛門は、今も役宅に出仕していない。おかげで寺社奉行所のなかは、てんてこ舞いの忙しさだが、それも数日でおさまるだろう。噂によれば、松平家の家老は真壁に替わる新たな吟味物調役を就けてほしいと、幕府のしかるべき筋に申し入れをしたらしかった。

すでに、大和屋与右衛門は『えんぺら』にはいっている。

雨は熄《や》み、雲間には月もみえた。

それにしても、蒸し暑い。

梅雨が明ければ、炎天の夏がやってくる。

両国《りようごく》では川開きとなり、夜空に花火が打ちあげられるにちがいない。

「玉やあ」

串部は気の早い掛け声を口にする。

そこへ、権門《けんもん》駕籠が滑るようにやってきた。

降りてきたのは大柄の侍で、頭巾をかぶっている。

往来に怪しい人影がないのをたしかめると、足早に見世の内へ消えていった。

「殿、主役のようですな」

串部の囁きにうなずきつつも、蔵人介は妙な気分を抱かされた。

黒羽織の頭巾侍が、権門駕籠に似つかわしくないと感じたからだ。

「なるほど、あれだけ立派な権門駕籠ならば、光沢のある絹を纏《まと》った身分の高い侍を期待いたしますな。頭巾をかぶっているとは申せ、あの風体は中堅役人のようでございました」

中堅役人と聞いて、真壁のことが頭に浮かんだ。

が、痩せた真壁とは、からだつきに隔たりがある。

「もしかしたら、身代わりかもしれませぬぞ」

「身代わり」

「さようにござる。仏具商のやつ、真壁八郎左衛門に見切りをつけ、他の者に乗りかえようとしているのかも」

「寺社奉行の配下か」

役高三百五十俵の吟味物調役に対峙できる役目となれば、家老直属の大検使《だいけんし》あたりであろうか。寺社奉行は四人いるので、松平家の家臣とはかぎらぬものの、大和屋が上田藩を領する松平家の御用達であることから推《お》せば、同家の家臣である公算は大きい。

いずれにしろ、宴席から帰る権門駕籠を追えばわかることだ。

「げっ、待つのでござるか」

串部はげんなりした顔をする。

無理もない。今はまだ宵の口、酒席だけでもあと二刻余りはつづくだろう。しか

も、それだけでは終わらない。別室で枕接待が控えている。ところを替えるかもし

れぬし、ことによったら明け方まで辛抱強く待機を強いられかねない。

それゆえ、串部は渋面をつくったのだ。

ところが、ふたりの予想に反し、屋台で鮨《すし》を摘《つま》んで帰ってくると、見世の表口に

さきほどの権門駕籠が横付けにされていた。

どうやら、酒席は一刻足らずでおひらきになったらしい。

主賓の頭巾侍が、大和屋と女将《おかみ》に見送られて表口にあらわれた。

「驚き桃の木でござる」

串部が眸子を輝かせると、駕籠はふわりと持ちあがり、見送りの連中に別れを告げて走りだす。

「あん、ほう。あん、ほう」

駕籠かきに後れをとらぬよう、ふたりは小走りに走った。

向かうさきは川沿いの北方、松平屋敷のある蔵前の方角だ。

が、行く先をたしかめることはできなかった。

途中でおもいがけない邪魔にはいられたのだ。

駕籠が消えた三ツ股の辻に、何者かが待ちぶせをしていた。

顔半分髭で覆われた浪人者、うなぎ一家の用心棒である。

「おっと、出やがった」

先行する串部が足を止め、蔵人介の盾になろうとする。

髭侍が声を起《た》てずに笑った。

「ふうん、おぬしらは主従の関わりなのか。こんにゃく閻魔でわしを阻《はば》み、安楽寺の賭場へも潜りこんできおったな。おぬしらは何者だ。幕府目付《めつけ》の配下か」

「そう言うおぬしは何者だ」

蔵人介が逆しまに問うと、髭侍は夜空を仰ぎ、不敵に笑いながら名乗ってみせた。

「月夜野兎之助《つきよのうのすけ》、それがおれさまの名だ」

「適当につくった名であろうが、まあよかろう。うなぎ一家の用心棒が、何故、大和屋の番犬をやっておる」

「金の匂いがするからよ。鰻の蒲焼きも好物だが、線香の香りも悪くない」

「地廻りから仏具商に乗りかえたのか」

「乗りかえたわけではない。地廻りも仏具商も同じ穴の狢《むじな》、同じ悪党ならば実入りのよいほうへつくのが処世術と申すもの。それに、万が一のことも考えておかねばならぬからな」

蔵人介は切れ長の眸子で睨みつける。

「権門駕籠の侍が守ってくれるとでも申すのか。駕籠の主はやはり、寺社奉行さまの配下らしいな」

「ああ、そうだ。鼠どもに正体を見破られぬよう、おれさまが雇われておるのよ」

ふたりのやりとりに業を煮やしたのか、突如、串部が大声を張りあげた。

「殿、斬りすてましょう」

言うが早いか、腰の同田貫《どうたぬき》を抜きはなつ。

「せっかちなやつめ」

月夜野と名乗る髭侍も、腰の刀を抜いた。

左右の足を前後にひらき、腰をどっしり落としつつ、水月《すいげつ》のあたりに刀の柄頭を付けた青眼の構えをとる。

「馬庭念流の体中剣《たいちゅうけん》か」

まるで、臍《へそ》から刀が生えたかのようだ。

余計な力みが感じられず、打ちこむ隙も見出せない。

それでも、串部は極端に低い姿勢で躙《にじ》りよっていく。

月夜野が半眼で口を開いた。

「おぬしの構え、みたことがあるぞ。臑斬りの柳剛流か」

「ご明答」

月光が周囲を蒼々《あおあお》と照らし、ふたりのあいだに殺気が膨らみかけた。

「ひとつ、聞いてもよいか」

月夜野が構えをくずさず、蔵人介のほうに問いかけてくる。

「おぬしら、こんにゃく閻魔の境内《けいだい》で何をしておった。もしや、おれさまと同じ目途だったのではあるまいな」

蔵人介は串部の肩を摑み、ぐいっと前へ進みでた。

「同じ目途なら、何とする」

「おぬしらに先を越されたら、わしの取り分が減る。そいつだけはご勘弁願いたいとおもうたまでさ。ふふ、真壁とは不運な男よ。わしかおぬしらか、どっちにしろ、刺客の手に掛かるわけだからな」

「何故、真壁の命を狙う」

「おいおい、寝惚《ねぼ》けたことを抜かすな。おぬしらも命を狙っておるのだろうが」

「そっちとは理由《わけ》がちがう」

「理由か。ふん、そんなものは知らぬ。邪魔だから消すだけのことだろうさ」

「殺しを命じたのはどっちだ。仏具商か、それとも地廻りか」

「どっちだってよいわ。真壁が死ねば、後釜の吟味物調役が送られてくるだけのはなしだ。ふん、後釜は苦労するにちがいない。ここまで悪の根が深いと、容易なことで立てなおしはできぬであろうからな」

悪事の全貌を知っているような口振りで、月夜野はへらへら笑ってみせる。

「そう言えば、真壁八郎左衛門は消えたぞ。鳥目《とりめ》の娘を連れ、何処《どこ》かへすがたをくらましおったわ」

「何だと」

「ふふ、驚いたのか。おぬしら、存外に鈍いな」

髭侍は後退《あとじさ》りしながら納刀し、闇の狭間に溶けていく。

三ツ股の辻には生温《なまぬる》い風が吹き、着物の裾を捲《まく》りあげた。

「くそっ、また逃げおった。殿、どうなされます」

真壁を斬るのか生かすのか、串部は密命のことを問いたいのだ。

正直、わからなくなっている。

「何やら、虚しゅうございますな」

蔵人介の気持ちを代弁するかのように、串部が苦々しげにつぶやいた。

六

調べてみると、やはり、真壁八郎左衛門は行方知れずになっていた。

役宅内では無届けによる失踪扱いになり、幕府のほうでも「不届千万《ふとどきせんばん》」との烙《らく》印《いん》を押されてしまった以上、真壁に戻るところはなくなった。下手をすれば小普請《こぶしん》入りも許されず、幕臣身分すら剝奪《はくだつ》されかねない。

無論、失踪には拠所《よんどころ》ない理由があるはずだ。しかし、本人に尋ねてみる以外に方法はない。いずれにしろ、捜しだす糸口を考えあぐねていると、野良猫の「ぬけ」が縁側の日だまりへ寝そべりにやってきた。

薹《とう》の立った三毛猫だが、背中の毛が一部抜けているので、息子の鐵太郎《てつたろう》に「ぬけ」と名付けられた。

「なあご」

ぬけの鳴き声を聞いていると、物淋しくなってくる。

鐵太郎は先日、好きな学問を深めるべく、大坂に旅立った。遠山金四郎の紹介で、大坂の瓦町《かわらまち》で開業した緒方洪庵《おがたこうあん》という蘭方医のもとに寄宿するのだ。

みなで別れを惜しみ、相州《そうしゅう》との国境にあたる権太坂《ごんたざか》まで見送りにいったものの、御納戸町《おなんどまち》の屋敷から見送ったのは、ぬけだけだった。鐵太郎が居なくなり、屋敷内は灯が消えたようになった。それでも、志乃や幸恵はことさら明るく振るまい、平常どおりの暮らしに戻ろうと心掛けている。

隣人から預かった卯木卯三郎《うつきうさぶろう》も気を遣い、みなを和《なご》ませようと努力していた。剣に優れ、九段《くだん》坂下の練兵館《れんぺいかん》では斎藤弥九郎《さいとうやくろう》に筋がよいと褒められたほどの実力だ。

真面目一本槍で口数の少ない卯三郎が、寄席から仕方噺《しかたばなし》を仕入れては夕餉に披露したりする。

そうした健気《けなげ》さが嬉しい反面、名状《めいじょう》しがたい淋しさは募るばかりであった。

いつのまにか、ぬけは膝に乗っている。

ふさふさした頭を撫でていると、訪ねてみる価値のありそうなさきが浮かんだ。

真壁が手塩に掛けて育てたという配下の遺族だ。

「たしか、南郷丈八と申したな」

土竜に似た紋十老人に聞けば、わかるかもしれない。

真壁に救われた南郷の妻子は、府内の何処かにいるはずだ。

串部に当たらせたところ、遺族は意外にも御徒町の同心長屋に留まっていた。

南郷家には十四になった娘のほかに十の息子もおり、その息子を元服させて南郷家を継がせたらしい。跡目相続に尽力したのも真壁だったと知り、蔵人介はいっそう同情を募らせた。

御徒町の同心長屋を訪ねてみると、後家らしき痩せた年増が応対にあらわれた。

小綺麗な身なりをしており、貧乏ながらもしっかり暮らしている様子がみてとれる。

「じつは、真壁どのの所在を捜しておる」

蔵人介の風体から旗本と察したのか、邪険にされることもなく招じられた。

後家は、名を佐織《さおり》という。

子どもはふたりとも家におらず、客間は殺風景で掛け軸も花入れもない。

調度らしきものは皆無だが、ひとつだけ目に止まったものがあった。

佐織が提げてきた南部鉄瓶だ。

「真壁さまの命で南部さまの御領内へお役目におもむいたおり、主人がひと目で気に入って求めた品でござります。刀も武具も質に流してしまいましたもので、この鉄瓶だけが家の財産になりました」

佐織は鉄瓶から湯を注ぎ、目の前で茶を淹《い》れてくれた。

蔵人介は掌で茶碗を包み、ずずっと美味そうに啜《すす》る。

「それにしても、見事な鉄瓶でござるな」

「主人も十年後、二十年後が楽しみだと申しておりました。されど、鉄瓶の風合いを愛《め》でることもなく逝ってしまった」

蔵人介はほっと溜息を漏らし、茶碗を置いた。

「ところで、真壁八郎左衛門どのの行く先に心当たりはござらぬか」

佐織は睫毛《まつげ》を伏せ、首を横に振る。

「心当たりはござりませぬ。同心長屋で真壁さまが失踪なされた噂を耳にし、わたくしも案じておりました」

真壁は恩人のはずだ。恩人の窮状を知りながらも、どことなく冷たく感じるのは何故であろうか。

佐織は鉄瓶を睨み、おもいつめたように吐きすてた。

「これも報《むく》いなのじゃ」

後ろの串部が聞きとれぬほど小さな声だが、あきらかにそうつぶやいた。

すかさず、蔵人介は膝を躙《にじ》りよせる。

「ご妻女、何か隠しておられぬか」

「えっ」

「われわれは、真壁どのの敵でも味方でもない。寺社奉行所に出入りする仏具商の悪事を追っているのだ。悪事を明らかにするためには、真実《まこと》を知らねばならぬ。もし、何か隠し事がおありのようなら、すべて打ちあけていただきたい」

「さように仰いましても」

佐織は困ったように身を捩《よじ》る。

「遅ればせながら、名乗らせてもらう。それがしは矢背蔵人介、本丸の御膳奉行をつとめておる」

「御本丸の御膳奉行さま」

「有り体《あてい》に申せば、公方さまの毒味役じゃ」

「はあ、さようで。なれど、御毒味役の矢背さまが何故にござりましょう」

「詳しくは教えられぬ。ただ、世の悪事不正を正さんがために動いておるとだけ申しておこう」

「世の悪事不正を正さんがため……亡くなった夫も、同じことを申しておりました」

「まことか」

佐織はこっくりうなずき、やおら立ちあがった。

部屋から退出し、しばらくして戻ってくる。

「どうか、これをお読みください」

膝を折りたたんでかしこまり、懐中から奉書紙《ほうしょがみ》を取りだす。

南郷の書置《かきおき》であろうことは容易に察せられた。

「されば、御免」

奉書紙をひらき、中身に目を通す。

蔵人介は眉をひそめた。

驚くべき内容がしたためられてあったからだ。

南郷は真壁の密命でわざと暮らしに困ったふうを装い、借金をすることで地廻りの重五郎に近づいたとある。それだけではない。そして、重五郎が安楽寺で賭場を開帳していることを嗅ぎつけた。それだけではない。儲けの一部が仏具商の大和屋へ渡っていることも調べあげ、大和屋の後ろ盾となる黒幕のことも嗅ぎつけた。そのあたりの探索を進めている最中に命を落としたのだ。

世を儚《はかな》んで古井戸に身を投げたのだと、紋十老人は噂話を口にした。ところが、真実は別にあり、敵方に正体がばれて斬殺されたのかもしれなかった。それを証拠に、家に戻された南郷の遺体には金瘡《きんそう》らしきものが見受けられたという。

佐織は誰かに斬られた疑いがあると必死に訴えたが、役宅のほうで取りあげてくれる者はいなかった。

それどころか、うなぎ一家から、娘ともども借金のカタにとられかけた。

真壁に危ういところを救ってもらい、もちろん、そのときは心の底から感謝した。

ところが、南郷の葬儀が終わって四十九日も過ぎたころ、簞笥《たんす》の奥に隠されていた書置をみつけ、佐織は頭から冷水を浴びた気分になった。

「主人は真壁さまに殺められたのでございます。少なくとも、わたくしはそうおもっております」

佐織は、きっぱり言いきる。

無理もあるまい。真壁が南郷の借金を肩代わりしたのは、みずからの与えた密命のせいで命を落としたからだ。真壁は上役として当然のことをしたにすぎず、佐織にとってみれば、一連の真相を明らかにしてもらい、夫の名誉を取りもどしてほしいにちがいなかった。

ただし、書置には何ら裏付けがない。役宅や幕府に訴えたところで証拠として取りあげられないことを、佐織はちゃんと知っている。

「不名誉な死を遂げた夫が不憫《ふびん》でなりません。草葉の陰から、どうにかせよと叱られているようで、眠れぬ日々を過ごしております。されど、子どもたちのことを考えると、訴えでる勇気が出てまいりません。苦しい胸の裡《うち》を、どなたさまかに聞いていただきとうございました。主人は卑怯者でも、心の弱き者でもありません。お役目に生き、お役目に死んだのでございます」

佐織は凛《りん》とした声で言いはなち、南部鉄瓶をみつめた。

南郷丈八とはおそらく、鉄瓶のように強固な意志を持った人物だったのであろう。真壁は南郷を失い、妻女同様に深い喪失を味わったにちがいない。

佐織の瞳に、じわりと涙が浮かんできた。

「……に、二度と泣くまいと、誓いを立てたのに……うっ、うっ」

ことばは嗚咽《おえつ》に変わり、蔵人介は居たたまれない気持ちにさせられる。

串部も書置に目を通し、悪党どもへの怒りで顔を真っ赤に染めていた。

真壁や南郷がやろうとしてできなかったことを、まずはやるべきかもしれない。

蔵人介は冷めた茶を啜り、密かに誓いを立てた。

七

責め苦を与える相手は生臭坊主にするか、破落戸《ごろつき》どもの親玉にするか、串部が波銭を宙に抛《ほう》ってみると、表の生臭坊主と出た。

「安楽寺の善良は、午《うま》ノ刻までは檀家をまわって経をあげております」

串部が調べたとおり、善良は黄蘗《きはだ》色の袈裟を身に着け、浅草の橋場周辺を足繁くまわっていた。

小坊主すら従えていないので、拐《かどわ》かすのはさほど難しいことではない。

串部にその役目が託された。

編笠姿で近づき、擦れちがいざまに声を掛け、当て身を食らわせて肩に担ぐ。

段取りはそれだけだ。

串部は昼なお暗い雑木林の脇道で、描いたとおりにやってのけた。

他人の目を避けて連れこんださきは、小塚原《こづかっぱら》の仕置き場にほど近い荒れた阿弥陀堂のなかだ。

腹を空かせた山狗《やまいぬ》が一匹、眠たそうな顔で場所を譲ってくれた。

朽《く》ちかけた連子《れんじ》窓からは、朝の光が射しこんでくる。

狭い御堂のなかは、存外に涼しい。

それでも、少し動けば汗が溢れてきた。

善良の肌は脂《あぶら》ぎっている。坊主のくせに酒も博打もやり、平気で淫蕩《いんとう》に耽《ふけ》る。

戒律を破るために生きているような男だ。

串部が頬をぴたぴた叩くと、善良は目を醒ました。

「うげっ……な、何じゃ、おぬしらは」

眸子を剝き、偉そうな口の利き方をする。

刹那、口のなかに粗朶《そだ》を突っこまれた。

「ぬぐっ」

串部が粗朶で掻きまわすと、苦しそうに涙を流す。

「囚《とら》われの身で生意気なやつだ」

粗朶を引っこ抜くや、折れた歯が何本か落ちてきた。

「抗うようなら、こいつでのどちんこを擽《くすぐ》ってやるぞ」

串部が粗朶を鼻先に近づけると、生臭坊主は「ひっ」と声を引きつらせる。

「……ご、ご勘弁を。拙僧は御仏《みほとけ》に仕える者……こ、今宵もだいじな説法がござる。拙僧が寺に戻らねば、みなが血眼《ちまなこ》になって捜しましょう」

「説法が聞いて呆れる。どうせ、今宵もうなぎの重五郎に宿坊を貸すのであろう。仏の寝所を鉄火場にするとは罰当たりにもほどがある。儲けた所場代で女郎を買い、夜ごと昇天しておるのはわかっておるのだぞ」

串部に悪事を並べたてられ、善良はぐうの音《ね》も出ない。

蔵人介が暗がりに立ったまま、重々しく発してみせた。

「おぬしに聞きたいことはひとつ。こたえてくれたら、わるいようにはせぬ」

「……い、命を助けてくれると」

「ああ、助けてやろう。ただし、正直にこたえたらな」

「……な、何を聞きたいのだ」

「博打のあがりは、その一部が仏具商の大和屋に渡っているようだな。おぬしらは御仏のご加護を隠れ蓑に悪事を企て、私腹を肥やしておる。されど、おぬしらだけでこれほどの絵を描くことができるとはおもえぬ。宿坊で堂々と賭場を開帳できるのは、お上から目こぼしの確約を得ているからではないのか。後ろ盾となる黒幕がおろう。そやつの名を教えてほしいのだ」

「……し、知らぬ。そんな相手のことは知らぬ」

串部は顔を近づけ、きっと前歯を剝いた。

「御仏に誓って知らぬと申すのだな」

「……し、知らぬものは知らぬ」

串部は薄ら笑いを止め、懐中から燧石《ひうちいし》を取りだした。

「……な、何をする」

問われても応じず、火口《ほくち》の火を粗朶に移し、ふっと息を吹きかける。

粗朶の先端が赤くなり、めらめらと燃えはじめた。

「地獄の業火《ごうか》とは、こうしたものかもな」

善良が、裂けんばかりに目を瞠《みは》った。

蒼剃りの頭には、玉の汗が浮かんでいる。

「……や、やめろ。喋るから、やめてくれ」

「いいや、やめはせぬ。嘘を吐かれても困るからな」

「嘘は吐かぬ。黒幕は大検使の岩室軍兵衛《いわむろぐんべえ》さまじゃ。調べてもらえばわかる。松平さまのご家中でも、一目置かれているお方じゃ。俵《たわら》のごときからだつきで、槍の名手との噂もある」

善良は必死の形相で喋り、ぐったり壁にもたれた。

串部は粗朶を踏みつけ、乱暴に火を消してみせる。

「大検使か、なるほど」

蔵人介がうなずくと、善良は力無く漏らした。

「拙僧が喋ったことは秘していただけまいか。さもなくば、この命はない。どうか、このとおりじゃ」

涙ばかりか洟水《はなみず》まで垂らし、床に両手をつく。

「それはどうかな」

串部が意地悪そうな口調で言い、あらかじめ用意してあった荒縄で縛りつけた。

海老責めの恰好にされ、善良は息苦しそうだ。

背中の縄に細紐を通して柱に縛りつけたので、縄を解くことも、御堂から逃れることも難しかろう。

「ここは見捨てられた阿弥陀堂ゆえ、百姓たちも寄りつかぬ。顔を出すのは、腹を空かせた山狗くらいのものだ。やつら、人の目玉が好物らしくてな」

「ひっ……お、お願いします。無体なまねは、おやめくだされ」

「無体なまねをしてきたのは、おぬしのほうであろうが。おぬしが仏の功徳《くどく》と騙して手込めにした百姓の娘は、御仏が信じられなくなり、鎌で自分の首を掻っ切ったと聞いたぞ。可哀相にな。それが弱い者を法悦に導く坊主のすることか」

串部は喋っているうちに怒りが湧いてきたのか、目を真っ赤にさせながら善良の口に猿轡《さるぐつわ》を塡《は》めた。

善良は烈しく抗ったが、もがけばいっそうからだが締めつけられるだけのことだ。

「観音扉は開けたままにしておく。そもそも、ここは山狗どものねぐらだからな。出入りを自在にしておかねば申しわけあるまい」

串部は涙目で追いすがる善良から逃れ、蔵人介につづいて御堂の外へ出た。

さらさらと、葉擦《はず》れが聞こえてくる。

ここは雑木林の深奥《しんおう》なので、人の気配はまったくない。

物事が動きだした以上、ぐずぐずしてはいられなかった。

「串部、今宵のうちに片を付けるぞ」

「はっ」

ふたりは崩れかけた阿弥陀堂をあとにした。

八

したたかな敵はこちらの動きを察したかのように、先手を打ってきた。

その夜、安楽寺は寺社奉行の捕り方から一斉手入れを食らったのである。

住職は不在でも、うなぎ一家の段取りで賭場は開帳しており、そのことをあらかじめ知っていた捕り方が不意討ちを狙ったらしかった。

蔵人介と串部はわずかに後れを取ったのがさいわいし、捕り方の網に掛からず、しかも、惨劇に巻きこまれずに済んだ。

捕り方どもが踏みこんださきには、血腥《ちなまぐさ》い光景が広がっていた。

博打に興じる客たちはあらかた逃げおおせたあとで、内証や盆茣蓙には破落戸《ごろつき》どもの屍骸《しがい》が転がっていたのだ。

若い衆頭の修三をはじめとするうなぎ一家の連中だった。

親玉の重五郎も、抗った形跡もなく斬られてしまっていた。

すでに夜は更け、安楽寺の境内には野次馬が集まっている。

そのなかに、蔵人介のすがたもあった。

忙《せわ》しなく行き来する捕り方に紛れ、宿坊に潜りこんだ串部が戻ってくる。

「ひどいありさまでござります。破落戸どもは例外なく、脳天を一刀で割られておりました」

蔵人介は低く呻《うめ》いた。

「岩斬りか」

「おそらくは」

ふたりの脳裏には、馬庭念流を使う髭侍の顔が浮かんでいる。

「まあ、手間が省けたとも言えますが、重五郎が死んだことで悪事の全容を明らかにすることは難しくなりましょう」

「それが狙いかもな」

「えっ」

「蜥蜴《とかげ》の尻尾《しっぽ》切りさ」

あらかじめ惨劇があるのを知ったうえで踏みこんだのかもしれないと、蔵人介は言ってのける。

串部は、はっとした。

「そう言えば、捕り方を率いる陣笠侍は、俵のごときからだつきをした大兵《だいひょう》にござりました」

「大検使、岩室軍兵衛」

「そのとおりにござります」

岩室が仏具商の大和屋と共謀し、証拠の隠滅をはかったにちがいない。

「みずからの手は汚さず、金で動く野良犬を使ったのだ」

「月夜野兎之助でござりますな」

「ふむ、月夜野も申しておったであろう。『同じ悪党ならば実入りのよいほうへつくのが処世術と申すもの』と」

「『万が一のことも考えておかねばならぬ』とも申しておりました。あの髭面め、大検使に恩を売り、睾丸《きんたま》を握ったつもりでしょうが、重五郎の二の舞いになる公算は大きいと言わねばなりますまい」

「危うい橋を渡っていることは、あやつもわかっておる。わかってはいても、後戻りはできぬ。金に目がくらんだ者の性《さが》というものさ」

「くわばら、くわばら、でござりますな」

そうした会話を交わしているところへ、軽快な馬の蹄《ひづめ》の音が聞こえてくる。

俵のようなからだつきの陣笠侍が鹿毛《かげ》を駆り、まっすぐ近づいてきた。

「殿、真打ちの登場にござりますぞ」

串部は嬉しそうに漏らし、蔵人介の背後に控える。

岩室とおぼしき男は、馬上から四角い顎を突きだした。

「おぬしら、さきほどから何をこそこそ喋っておる」

「怪しい者ではござりませぬ。寺の惨劇を耳にしたもので、野次馬根性を出したまでのこと」

「直参か」

「いかにも」

「直参ともあろう者が、かような物淋しい江戸のとっ外《ぱず》れで何をしておる。いかにも怪しいではないか」

執拗《しつよう》に疑ってみせるので、蔵人介は馬の腹に身を寄せた。

「恐れながら、吉原《よしわら》帰りにござります」

「ふん、悪所通いか」

それを聞いて安堵《あんど》したのか、岩室は肩の力を抜く。

蔵人介は声をひそめた。

「どうか、ご内密に願います」

「ふん、ほどほどにしておけ」

と言いつつも、岩室は馬の首を返そうとしない。

やはり、疑いが晴れていないのだ。

「もしや、目付の探索方あたりと勘違いなされたか」

笑いながら核心を衝《つ》いてやると、岩室はぎくりとした顔をする。

蔵人介は、ここぞとばかりにたたみかけた。

「この安楽寺、妙な噂がござりますな」

「どのような噂じゃ。申してみよ」

「宿坊で賭場が開帳されておったとか。捕り方が出張ってきたのは、そのせいではないのかと、従者ともはなしておりました」

「余計な詮索じゃ。おぬし、役職はあるのか」

「はい。本丸の御膳奉行をつとめております」

正直に応じると、岩室はおもいきり顔をしかめた。

「鬼役か」

「はい。それが何か」

「いいや、別に。本丸の鬼役に居合の練達《れんたつ》がいると聞いたことがあったものでな」

「さような者はおりませぬ。お聞きちがいにござりましょう。それにしても、ご立派な騎馬武者のご風情でござりますな。失礼ながら、お名を頂戴しても」

「大検使の岩室軍兵衛じゃ」

「それはそれは。松平さまの御家中にその人ありと噂されるお方であられますな」

「わしのことを存じておるのか」

「並びなき槍の遣い手とか」

岩室は馬上で胸を張る。

「むふふ、宝蔵院《ほうぞういん》流の免許皆伝よ」

「ほほう、されば、得手となさるのは十文字槍《じゅうもんじやり》」

「さようさ。お役目にたばさんでこなんだは、事を荒立てぬための配慮よ」

「なるほど、捕り方を束ねるご苦労と申すものにござりますな」

「ともあれ、余計なことに首を突っこまぬことだ。ここは鬼役なんぞの踏みこむ領分ではない」

「仰せのとおりにござる。されば、これにて引きあげるといたしましょう」

蔵人介は振りむき、串部に顎をしゃくる。

足早に参道をたどり、山門から外へ出るまで、馬上から岩室の目が背中に貼りついているのを感じていた。

「気づかれましたかな」

心配げな串部の問いに、蔵人介は首を横に振った。

「疑っておるだけさ」

こちらの素姓を調べようとするにちがいない。

「無駄なことを」

串部の言うとおり、岩室軍兵衛の命は風前の灯火《ともしび》となった。

九

城内、深更。

楓之間の「奥の院」からお呼びが掛かった。

覚悟はしていたので、公人朝夕人の伝右衛門から連絡《つなぎ》があっても驚きはしなかった。

みなが寝静まったころ、ひそかに控え部屋を脱けだし、跫音を忍ばせて萩之廊下を渡った。公方とわずかな近習しかはいることの許されない御休息之間や御小座敷の入側《いりかわ》を通りぬけ、大奥との間境に近い楓之間に忍びこむ。

一寸先もみえない闇を手探りで進み、床の間の壁に掛かった軸の紐を引っぱると、芝居の龕灯《がんどう》返しさながらに壁がひっくり返り、そのさきに隠し座敷があらわれた。

部屋は四畳半で、低い位置に小窓があり、坪庭がみえる。一畳ぶんは黒塗りの御用簞笥に占められ、簞笥のなかには公方直筆の書面や目安箱の訴状などが仕舞ってある。歴代の公方が誰にも邪魔をされずにひとりで政務にあたった小部屋だが、先代の家斉《いえなり》と今の家慶は一度も踏みこんだことがない。

近習からも忘れさられた小部屋のまんなかに鎮座し、丸眼鏡を掛けた小柄な老臣が待ちかまえていた。

橘右近、中奥《なかおく》の重石《おもし》とも評される切れ者だ。

酸いも甘いも嚙みわける度量を持ち、清廉《せいれん》であるがゆえに公方の信頼は厚い。一方、いかなる派閥にも属さないので、幕閣の重臣たちからは煙たがられている。たとえば、御政道の舵取りを担う水野越前守忠邦《みずのえちぜんのかみただくに》なども、一目置きながらも心を許そうとはしなかった。

橘から密命を受け、蔵人介は奸臣を何人も成敗してきた。

今までのところ、密命に背《そむ》いたおぼえはない。

「命に背いたときが死を賜るときと心得よ。かように通達しておったはずじゃがな」

雷を落とされるかとおもいきや、橘はいたって冷静な口調で諭した。

「言い訳があるなら申せ。何故、吟味物調役を斬らぬ」

「存念を述べてもよろしいので」

「よいと言うておる」

「されば、申しあげまする。吟味物調役の真壁八郎左衛門は奸臣にあらず、悪事不正を憎む紛《まご》うことなき忠臣にござります」

「ほう、調べを覆すと申すのか」

「御意《ぎょい》」

真壁はある意図をもって阿漕な仏具商に近づき、みずから毒水を啜って真相を究めようとした。ところが、したたかな敵方に正体を勘づかれ、配下の南郷丈八を失ったうえに、真壁自身も今や窮地に陥っている。と、そのあたりの経緯を説いたところで、橘はわずかも心を動かす素振りをみせない。

「はなしは、それだけか」

「いかにもでござります」

「確たる証拠《あかし》もなく、邪推の域を出ぬ。さようなはなしを信じろと」

「……い、いいえ」

「歯切れがわるいのう。わしの知っておる矢背蔵人介は、いったい、どうしたのじゃ。役目に一片の私情《なさけ》も挟まず、いかなるときも動揺の色をみせぬ。心を鬼にして奸臣どもを成敗いたす鬼役は、死んでしもうたのか」

橘は重い溜息を漏らし、はなしをつづける。

「真壁は寺社奉行を支える重職にありながら、出入りの仏具商とはからい、口利き料を掠めとるなどの甘い汁を吸ってきた。商人《あきゆうど》は地廻りとも通じており、不届きにも寺の宿坊で賭場を開帳してはあぶく銭を儲けていた。真壁は許されざる悪事に目を瞑《つむ》り、仕舞いにはお役目を投げだして逐電《ちくてん》しおった。草の根を分けてでも捜しだし、一刻も早く引導を渡さねば、公儀に仕える他の隠密たちにもしめしがつくまい。どうじゃ、わしの申すことは無理筋《むりすじ》か」

無理筋でござると応じれば、この場で役を解かれるにちがいない。真壁との関わりも切れる。それだけは避けたいという気持ちがはたらいた。

「黙っておるところをみると、腹にいちもつ持っておるようじゃな。まさか、的に掛けるべき真壁八郎左衛門を助け、真壁が敵と睨んだ相手を葬る気ではあるまいな。さような勝手は許さぬぞ」

いつになく頑《かたく》なな橘の態度に、蔵人介は辟易《へきえき》する。

と同時に、こたびの暗殺依頼がどのあたりから生じたのか知りたくなった。

無論、尋ねても教えてはもらえまい。おそらく、松平伊賀守に仕える上田藩の重臣あたりであろう。

黒幕とおぼしき大検使は、おのれの悪事を隠蔽《いんぺい》すべく、裏の道筋から吟味物調役の殺害を依頼した。金をばらまき、藩の重臣を抱きこみ、その重臣がこちらに連絡を取ったのだとすれば、橘は由々しき過ちを犯そうとしていることになる。

蔵人介は口には出さぬが、態度でそれをしめした。

橘は「ふん」と鼻を鳴らし、小莫迦《こばか》にしたようにつづける。

「証拠もなしに手前勘《てまえかん》で動くな。わしの命が聞けぬと申すなら、おぬしを人斬りの罪で裁かねばならぬ。無論、白洲《しらす》で裁くのではないぞ」

闇で引導を渡すと、橘は脅している。

いや、脅しではなかろう。公人朝夕人の伝右衛門に、この素首《そつくび》を討たせるつもりなのだ。

「わしの命が気に入らぬと申すなら、勝手に辞めればよい。止めはせぬ。されど、その日から、おぬしは針の筵に座らされることになろう」

行きつくさきでは、閻魔大王が地獄の釜の蓋を開けて待っている。

橘は、ふっと口を閉じた。

もはや、溜息すら漏らさない。

床に置かれた花入れには、可憐な白い十字の花が一輪だけ挿《さ》してある。

どくだみだ。

十薬《じゆうやく》とも称されるとおり、薬草である。

橘はみずから手入れを施す壺庭に、ただ愛でるだけの花を植えようとしない。

自分はどくだみと同じなのだと、蔵人介はおもった。

萎《しお》れて役に立たなくなれば、芥《あくた》として捨てられるしかない。

しがない運命を呪ったところで、何十年とつづけてきた蔵米取《くらまい》りの習性を変えるのは難しい。

ならば、抗うことはせず、淡々と命にしたがえばよいではないか。

そうおもう反面、芥の意地をみせたい気持ちもあった。

生来の反骨魂が、今も熾火《おきび》のように燃えつづけている。

楓之間から退出したとき、蔵人介の心は決まっていた。

十

一度こうと決めたら迷いはない。

仕留めるべき的は、柳橋のすっぽん屋『えんぺら』にいる。

蔵人介は串部とともに、すでに二刻ほど物陰に潜んでいた。

大検使の岩室軍兵衛は、今宵はのんびりと酒席を楽しんでいるようだ。

「岩室と大和屋の腐れ縁は三年前に遡《さかのぼ》ります」

串部は表口を睨み、何気なく語りだす。

「すなわち、伊賀守さまが寺社奉行におなりになる以前から、大和屋を手懐《てなず》けていたことになりますな」

大和屋与右衛門はそのころ、仏具ではなしに荒物《あらもの》を扱っていた。山っ気のある男で、何度か商売替えをしては失敗を繰りかえしていたという。ところが、松平伊賀守が寺社奉行に昇進したことで好機がめぐってきた。仏具商の許可を得て、かねてより親しい岩室に取り入り、ついには御用達のお墨付きまで得てしまったのだ。

「悪党がふたり揃えば、やることはきまっております」

大和屋は藩の法事を仕切るなどして信用を築き、岩室の口利きで藩に縁のある寺へ仏具を納入するようになった。表向きの商売だけでも相当な利益をあげたが、それだけでは飽きたらず、地廻りのうなぎ一家と組んで悪事をはたらきはじめた。

金持ちを脅して途方もない葬儀代を捻出させたり、生臭坊主を法事に送りこんで読経《どきょう》させたりもした。あるいは、強引に寄進を募ったりもし、あげくのはてには安楽寺の宿坊に賭場を開帳させて荒稼ぎをもくろんだ。

「寺領ならば、町奉行所の目は届きませぬ。まことに、うまいことを考えたもので」

大検使が裏に控えているかぎり、捕り方に踏みこまれる恐れもない。さすがに当初は重五郎も二の足を踏んだらしいが、稼ぎが大きいのでやめられなくなったという。生臭坊主の善良も宿坊を貸しているだけと割りきり、頬被《ほっかむ》りを決めこんだ。

ところが、一連の悪事に疑いを抱く者があらわれた。

吟味物調役の真壁八郎左衛門である。

真壁の狙いは単に安楽寺でおこなわれている悪事をあばくことではなく、大和屋や重五郎の後ろに控える黒幕の正体をあばきだすことだった。ところが、黒幕の岩室軍兵衛は真壁の動きを察知し、先手を打った。

「危ういとなったら、重五郎たちを斬りすてる。最初《はな》から、そうした腹づもりだったのでござりましょう」

串部の言うとおり、岩室は相当にしたたかな悪党だ。いつも偉そうにしているので、家臣たちから人望は得られていないものの、藩政に与《くみ》する宿老に抜擢されるかもしれないとの下馬評もある。

重臣たちに金子をばらまき、上手に取り入っているのだろう。

「外濠《そとぼり》は埋まったも同然でござる。これだけのはなしが集まれば、楓之間の御前もご納得されましょう」

「いいや、無理だな」

「何故でござります」

「風聞にすぎぬと、一蹴《いっしゅう》されるわ」

「嘆かわしや。ご自身の落ち度を認める潔さが欲しゅうござりますな」

蔵人介の読みどおり、岩室と大和屋の黒い繋がりを証明《あかし》だてする裏帳簿でも入手できればはなしは別だが、今の段階では邪推の域を出ぬと言わねばなるまい。

もはや、橘の顔色を窺うのはやめた。

おのれの正義を貫こうと、蔵人介は決めている。

「串部よ、墓穴を掘ることになったら、おぬしに迷惑を掛ける。ここで脱けても恨みはせぬゆえ、好きなようにしてくれ」

「何と、驚きましたな。ここまで付きあわせておいて、脱けてもよいなどと、戯《ざ》れ言《ごと》にもほどがござりましょう。串部六郎太を見損なってもらっては困りますぞ」

「……す、すまぬ」

「何と弱気な。殿らしくもござりませぬぞ。来るなと命じられても、拙者は地獄の底まで従いていく所存でござる。二度と淋しいことは仰いますな」

怒りで声を震わせる串部に向かって、蔵人介は素直に頭《こうべ》を垂れる。

ふと、見世の表口に目をやれば、見知った人影がひとつあらわれた。

顔の下半分が髭に覆われた浪人者だ。

「げっ、月夜野兎之助ではないか。あやつ、こんなところにいやがった」

安楽寺でうなぎの重五郎たちを葬った用心棒は、江戸から去りもせず、悪党どもの手先として重宝がられているようだ。

蔵人介は、じっと月夜野を睨みつける。

「おることは予想しておった。あやつを仕留めねば、さきへは進めぬ」

「どうか、拙者にお任せを」

いつになく真剣な串部に根負けし、蔵人介はうなずいた。

岩斬りの馬庭念流と臑斬りの柳剛流、はたして、どちらに軍配があがるか。

蔵人介にも予想はできない。

長らく生死をともにした従者の腕と度胸と強運に賭けるしかなかった。

「されば」

串部はすっと物陰を離れ、表口のほうへ近づいた。

ほどもなく、相手は気づいた。

ふたりでうなずきあい、裏手の河原へ下りていく。

蔵人介も物陰を離れ、河原へ通じる土手に向かった。

夜空には月があり、見世の明かりも川面に揺れている。

河原を見下ろす『えんぺら』の二階座敷では、酔客たちのどんちゃん騒ぎが繰りひろげられていた。

三味線の音色や芸者たちの嬌声も聞こえてくる。

一方、河原はひっそりと静まりかえっていた。

人っ子ひとりおらず、耳を澄ませば川風に葭《よし》の靡《なび》く音だけが聞こえてくる。

酔客のなかには、岩室や大和屋もふくまれているのであろう。

自分たちを守る用心棒が河原で命の取りあいをしようとは、想像もつくまい。

足場のわるい河原を勝負の場に選んだのは、月夜野のほうであった。

足許を狙う臑斬りを想定してのことだ。

低い姿勢で迫る串部にとって、けっして有利な条件とは言えまい。

ふたりは河原の一角で対峙し、どちらからともなく白刃を抜いた。

蔵人介は土手のうえに立ち、ごくっと空唾を呑みこむ。

こんにゃく閻魔で白刃を交えただけに、月夜野が容易ならざる相手であることはわかっている。

だが、弱点も見抜いていた。

大振りの上段斬りにたいしては、相討ち覚悟で相手の懐中に飛びこめば勝機を見出すこともできよう。

はたして、串部にできるかどうか。

しかも、得意とする臑斬りを封印されたも同然のなか、一か八かの勝負に出るのは難しかろう。

ともあれ、串部が頭蓋を割られる光景だけはみたくない。

月夜野が口を開いた。

「おぬしの主人は、公方の毒味役らしいな」

串部は問われて、逆しまに探りを入れる。

「何故、こっちの素姓がわかったのだ」

「外桜田《そとさくらだ》御門で張りこみをつづけておったら、おぬしをみつけたのだ。武骨なその顔に蟹のごときからだつき、一度みたら忘れられぬ。ふふ、案ずるな。雇い主には告げておらぬわ」

「大検使も大和屋も、われらの素姓は知らぬと」

「ああ、そうだ。真壁八郎左衛門と同様、嗅ぎまわっておる者があることだけは伝えておいた。されど、おぬしらのことは知らぬ。やつらも信用できぬゆえな、手札はできるだけ隠しておくにかぎるのよ」

「みかけによらず、慎重な野郎だぜ」

「慎重でなければ、生き残れまい。おぬしとて、金で雇われておるのであろう。わしを斬って何両貰える。五両か、それとも十両か」

串部は胸を張った。

「わしは金で動かぬ」

「ほほう、今どきめずらしい男だな。金でなければ何で動く。忠義とやらか」

「いいや、信念だ」

「へっ、わけがわからぬ」

「野良犬にはわかるまい。あの世で閻魔にでも聞いてみろ」

「ふん、それはこっちの台詞よ」

「まいるぞ。手数は掛けぬ」

串部は石伝いに迫り、愛刀の同田貫《どうたぬき》を八相に持ちあげた。

月夜野は独特の上段に構えたまま、意外な顔をする。

「どうした、臑斬りは使わぬのか。それとも、足場のわるい河原では使えぬか」

「ほざけ。臑斬りだけがすべてではないわ」

「ふふん。ならば、ほかの技をみせてみよ」

「黙れ。ぬおっ」

串部は素早く踏みこみ、袈裟懸けを繰りだした。

――きいん。

苦もなく弾かれ、返しの一撃で鬢《びん》を削られる。

「ういっ」

表面の薄皮を削がれたにすぎぬが、血が滴《したた》りおちた。

月夜野は休む暇を与えず、逆袈裟を浴びせてくる。

受け太刀を取るや、刀が吸いついてきた。

米糊付《そくいづけ》だ。

こちらが弾くまえに刀をくっつけ、連れこんで斬る。

理合《りあい》に「張り板に茶筒の蓋をするがごとし」と喩《たと》えられる馬庭念流の極意であった。

「うおっ」

串部は身を離しつつ、右手の片手斬りを繰りだした。

これが意表を衝いた恰好になり、月夜野も仰《の》け反《ぞ》って避ける。

「ほほう、右手持ちの片手斬りとはめずらしい。なるほど、その丸味を帯びた肥後《ひご》拵《ごしら》えの柄頭、おぬしの刀は同田貫か」

「それがどうした」

「重ねが厚く重さのある剛刀を、飛びちがいざまに斬りおろす。同田貫の遣い手は、関口《せきぐち》流の居合を修めた者が多いと聞く」

「ふん、読みが鋭いな。おぬしの言うとおり、わしは関口流も修めた。わしの繰りだす中段の突きを躱《かわ》した者はおらぬ」

「くく、弱い相手としか闘ってこなかったらしいな」

「ならば、受けてみるか。そいっ」

串部は低く迫り、中段の突きに出る。

同田貫の先端が、ぐんと伸びた。

「猪口才《ちょこざい》な」

月夜野は突きを見切り、上から力任せに叩きふせる。

岩をも砕くひと振りだけに、両手に痺《しび》れが走る。

と同時に、串部は同田貫を手放した。

「何っ」

月夜野は勢い余ってたたらを踏み、前のめりになる。

そこへ、串部の腕がにゅっと伸びた。

刀を握った月夜野の右手首を摑み、凄まじい力で抱きよせる。

さらに、相手を頭上に抱えあげ、巴《ともえ》投げの要領で後ろに倒れこんだ。

「そりゃ……っ」

「ぬわっ」

足許には、大きな河原石が転がっている。

——がつっ。

月夜野は脳天を石で砕かれ、ぴくりとも動かなくなった。

串部は身を離し、むっくり起きあがる。

「わしが修めたのは居合ではない。関口流の柔術だ」

串部は血塗《ちまみ》れの顎を震わせて嗤い、土手のうえを見上げる。

蔵人介は褒めもせず、のっそりと立ちあがった。

つぎは自分の番だ。

的に掛ける獲物は、すっぽん屋のなかにいる。

十一

酒席はおひらきとなり、岩室軍兵衛と大和屋は一階の離室《はなれ》に移っていた。
ほかにも酒宴は催されているので、見世のなかはあいかわらず騒々しい。
だが、獲物を狩る側にとっては好都合だ。
蔵人介は誰にも見咎められず、長い廊下を渡って離室までやってきた。
金四郎に連れてこられたことがあるので、おおよその間取りはわかっている。
離室は池のある中庭に面しており、石灯籠が灯っていた。
庭の片隅には終わりかけの紫陽花《あじさい》が咲き、背後には厠がある。
人の顔にも似た紫陽花のそばで、手燭の光が揺れていた。
厠からひょっこりあらわれたのは、大和屋与右衛門である。
用を足して満足げだ。
「天網恢々《てんもうかいかい》とは、このことよ」
蔵人介は表情も変えずに漏らし、跫音を起てずに石灯籠の陰へ身を寄せる。
――こん。

添水《そうず》の音が響いた。
鼻先に手燭が差しだされる。
刹那、蔵人介は腰の刀を抜いた。
――ひゅん。
刃音だけが鳴り、断末魔の声もない。
地べたに落ちた手燭が消え、ばさっと大和屋が倒れた。
胴から離れた首が、厠のほうへ転がっていく。
「あと一匹」
蔵人介は一顧《いっこ》だにせず、血振りをすませて納刀した。
真正面には、離室の襖障子がある。
有明行灯は点《つ》いているものの、男女の影を映しだしてはいない。
だが、戸の向こうには確実に人の気配が潜んでいた。
「ばれたか」
静かすぎる。
「敵娼《あいかた》はおらぬのか」
岩室は宝蔵院流の槍術を使う。

本人の言うとおり、免状を持っているとすれば、容易ならざる相手だ。
こちらの動きを敏感に察し、戸陰で待ちぶせしているのかもしれない。
足袋の裏に付いた砂を払い、廊下にあがった。
ためらっている暇はない。
息を詰め、襖障子に触れる。
刹那、殺気がほとばしった。
——ずぼっ。
障子を突きやぶり、十文字の穂先が伸びてくる。
「くっ」
蔵人介は紙一重で躱し、からだごと襖障子を突きやぶった。
ごろんと畳に転がり、相手の足許を払うべく水平斬りを浴びせる。
岩室は難なく後退り、引っこめた十文字槍を青眼に構えた。
「下郎《げろう》め」
やはり、待ちかまえていたようだ。
鋼《はがね》のような上半身を晒《さら》し、三白眼《さんぱくがん》に睨みつけてくる。
槍は副刃《そえば》が左右に付いた十文字槍だが、柄は極端に短い。

「ふふ、護身用につくった手槍じゃ。狭い部屋のなかでも自在に使えるぞ」

部屋の片隅には、不運にも今宵の敵娼に選ばれた芸妓が震えていた。

「おぬし、どこかでみた顔だな。ん、おもいだしたぞ。安楽寺におったな。本丸の鬼役か」

「さよう」

蔵人介は片膝をついたまま、慎重に刀を鞘に納めた。

「やはり、居合を使う鬼役はおったようだな。何故、わしの命を狙う」

「自分の胸に聞くがよい」

「なるほど、おぬしは刺客か。誰の差しがねかと、聞くだけ野暮《やぼ》であろうな。いずれにせよ、白洲で裁く証拠《あかし》がみつけられぬゆえ、おぬしが寄こされたに相違ない。ふふ、哀れなものよ。南郷某と同様、返り討ちにしてくれるわ」

蔵人介の片眉が、ぴくっと動いた。

「おぬし、南郷丈八を斬ったのか」

「ああ、斬った。目障りな鼠は、ひとり残らず始末する。南郷を操った真壁八郎左衛門もしかりじゃ。ほどもなく、居場所が判明いたすであろう。わしは閻魔の眷属《けんぞく》じゃ。刃向かう者は容赦せぬ。この十文字槍で膾《なます》に斬ってくれようぞ」

「ひっ」

あまりの恐ろしさに、後ろの女が悲鳴をあげた。

岩室は首を捻り、舌舐めずりをしてみせる。

「ふほほ、忘れておったわ。おぬし、まだそんなところにおったのか」

芸妓は頭を抱え、懸命に命乞いをする。

「……ご、ご勘弁を。ご勘弁を」

岩室の目が、次第に狂気の色を帯びてきた。

蔵人介は柄に手を添え、立ちあがりかける。

「やめろ。無駄な殺生《せっしょう》はするな」

「無駄ではない。ずおっ」

岩室は無造作に槍を旋回させ、副刃で女の首を裂いた。

ざっと、鮮血が散る。

「……な、何をする」

蔵人介が吐きすてると、岩室は不敵に笑ってみせた。

「おぬしが女を殺《や》った。そして、わしが女の仇《かたき》を討つ」

「物狂いめ」

久方ぶりに、怒りが四肢を震えさせた。

「死ぬがよい」

蔵人介は叫びをあげた。

抜刀するや、中段から突きこむ。

「鼠め」

ぶわっと刃音を鳴らし、十文字槍が旋回した。

刺突《しとつ》ではなしに、副刃で薙《な》ぎに掛かる。

「ぬっ」

鋭利な刃が、真横から首に襲いかかった。

つぎの瞬間、蔵人介の身がすっと沈んだ。

——がつっ。

十文字槍の副刃が柱に突きささる。

「くそっ」

押しても引いても抜けない。

岩室は槍をあきらめ、腰の刀を抜いた。

それよりも一瞬早く、蔵人介の国次が脾腹《ひばら》を掻く。

岩室は斬られた勢いで数歩進み、血走った眸子を瞠った。

眼前には槍の副刃が光っており、ぐさりと喉仏に刺さる。

「ぐひぇ……っ」

ぶらさがった守宮《やもり》のような恰好だ。

悪党はこときれた。

——ひゅん。

血振りの音を残し、刺客の影は闇の狭間に消えていく。

岩室軍兵衛の漏らした「閻魔の眷属」とは、蔵人介のことにほかならなかった。

十二

鬱陶《うっとう》しい梅雨が明けた。

皐月《さつき》二十八日は両国の川開き、永代橋《えいたいばし》を挟んだ大川《おおかわ》は花火見物の船で埋めつくされている。

日が暮れれば、大空に大輪の花が咲くにちがいない。

人々はそのときを、今か今かと待ちわびている。

蔵人介は混みあった永代橋を避け、浅草の竹町《たけちょう》から吾妻《あづま》橋を渡り、墨堤《ぼくてい》に沿って歩きながら大川の下流に向かっていた。

「両国ほどではございませぬが、南本所《みなみほんじょ》のこのあたりからも花火はよくみえましょう」

串部は川に浮かんだ屋根船を眺め、緊張のせいか、わずかに声を震わせる。

ふたりがたどりついたのは、多田《ただ》薬師にほど近い番場町《ばんばちょう》の裏長屋だった。

朽ちかけた門の脇では、木戸番の親爺が駄菓子を売っている。

うらぶれた風体の侍が幼い娘の手を繋ぎ、小銭を払って駄菓子を買っていた。

「あっ」

串部はおもわず、蔵人介の横顔をみる。

一瞬にして、殺気が過《よ》ぎった。

ちょうどそこへ、天神髷《てんじんまげ》の嬶《かか》ぁがあらわれ、駄菓子を手にした娘に声を掛ける。

「あら、お沙希《さき》ちゃん、今宵はお父上と花火見物かい。楽しみだね」

幼い娘は嬉しそうに返事をしたが、あらぬほうへ顔を向けていた。

嬶ぁのことは、ほとんどみえていないのだ。

暗くなれば目がまったくみえなくなるにもかかわらず、花火を楽しみにしているようだった。

「幼気《いたいけ》な娘でござる」

串部は眸子を潤ませ、ひとりごちてみせる。

蔵人介の命で、真壁の居所をようやく探りあてた。

本物の悪党は成敗したものの、事の始末はまだついていない。

真壁八郎左衛門は、寺社奉行配下の吟味物調役という重職にありながら、断りもなく役目を投げだし、行方をくらましてしまった。その罪は重い。しかも、悪事をあばく手管《てくだ》であったとはいえ、仏具商の大和屋与右衛門から口銭を貰っていた事実も消すことはできない。

橘右近の命は消滅しておらず、真壁は死をもって罪を償わねばならぬところまで追いこまれていた。

蔵人介が心を鬼にして密命を果たさねばならぬことを、串部もよくわかっている。

だが、どうにかして回避できる方法はないものかと、そればかりを考えていた。

真壁は沙希という娘の手を引き、多田薬師の山門を潜った。

おそらくは一日に何度も訪れ、ご本尊の瑠璃光《るりこう》薬師に眼病の快癒《かいゆ》を祈願しているのだろう。

懸命に祈る父娘の後ろ姿は、みる者の胸を打った。

だが、蔵人介は表情ひとつ変えない。

やはり、やる気なのだとおもい、串部はがっくり肩を落とす。

父娘はさほど長くもない参道を戻り、暮れなずむ墨堤を歩きはじめた。

打ちあがる花火を待って行き交う人々は多く、ふたりを見失わぬように間合いを詰めねばならなかった。

やがて、石原町《いしわらちよう》を通りすぎ、埋堀《うめぼり》の手前までやってきた。

土手に座れば、両国の花火もよくみえる。

ふたりは土手を下り、適当な空き地をみつけて座った。

そのとき、一発目の花火が柳橋のあたりから打ちあがった。

――ひゅるる。

花火は夕暮れの空に弧を描き、見事な花を咲かせる。

――ぼん。

という破裂音が、心地好く腹に響いた。

沙希は父親の膝に抱かれ、懸命に空を見上げている。

――ひゅるる、ひゅるる。

二発目、三発目と、たてつづけに花火が打ちあがった。
「玉やあ」
土手のうえから、陽気な掛け声が聞こえてくる。
団扇《うちわ》を手にした浴衣の町娘たちも嬉しそうだ。
花火が打ちあがるたびに、沙希はみなと別の方角を見上げた。
音のするほうへ耳をかたむけ、時折、手を叩いて喜んでいる。
大輪の花火はみえずとも、音を体感することはできるのだ。
真壁は娘にそうした花火の楽しみ方を教えてやりたかったにちがいない。
しばらくすると、父娘は立ちあがり、土手のうえに戻ってきた。
そして川端を離れ、どうしたわけか、埋堀の奥へ向かっていく。
「何処へ行くつもりでしょうな」
蔵人介は串部の問いに応じず、父娘の背中を追いかけた。
何やら、不吉な予感がする。
父は暗がりで人気のないのを確かめた。
屈みこむや、沙希をぎゅっと抱きしめる。
そして、腰から白刃を抜いた。

「うわっ、待て」

おもわず、串部が叫んだ。

それよりも早く、蔵人介は走っていた。

真壁は首を捻り、眸子を爛々《らんらん》と光らせている。

蔵人介は立ちどまり、ゆっくり近づいていった。

「真壁八郎左衛門、おぬしにちと用がある」

蔵人介の物腰をみて、真壁はすべてを察したようだった。

「やはり、来たか。この日が来ることは、わかっておった」

「その娘は預かろう」

沙希は父が刀を抜いたのを知らず、膝にしがみつく。

真壁は白刃を振りあげ、無言で娘の背中を刺そうとした。

だが、どうしても刺すことができず、刀を埋堀へ抛った。

すかさず、串部が身を寄せ、娘を父親から引きはがす。

「いや、放して」

娘は激しく抗ったものの、当て身を食らって静かになった。

蔵人介は、さらに一歩間合いを詰める。

「岩室軍兵衛は死んだぞ」

「えっ……ま、まことか、それは」

「ああ、うなぎの重五郎も大和屋与右衛門も死んだ。こんにゃく閻魔でおぬしの命を狙った刺客もな」

「岩室たちの悪事は、あばかれたのか」

「あばかれた。されど、表沙汰にはならぬ」

「なるほど、おぬしらが闇から闇へ葬ったわけだな」

「配下の南郷丈八は、浮かばれたに相違ない」

「ふむ、そうかもしれぬ」

真壁はうなずき、力無くこぼす。

「どなたかは知らぬが、冥土《めいど》の土産にわざわざ、そのはなしを伝えにきてくれたのか」

蔵人介は返事もせず、刀の鯉口を切った。

「待ってくれ」

真壁は懇願するように膝をついた。

「命はいらぬ。貴殿もお役目を果たさねばなるまい。ただ、そのまえにひとつ願いを聞きとどけてもらえぬか」

「願いとは」

「娘もともに斬ってほしい。娘は目がみえぬのだ。わしが目にならねば、生きてはいけまい。頼む、どうか娘を」

「それはできぬ相談だ。覚悟せい」

蔵人介は目にも止まらぬ捷さで抜刀し、袈裟懸けに斬りさげた。

——ひゅん。

閃光とともに、刃音が響く。

真壁は眸子を瞑《つむ》る暇もない。

つぎの瞬間、蔵人介は白刃を鞘に納めていた。

「あっ……」

真壁は生きている。

「……ど、どうして」

蔵人介は諭すように言った。

「おぬしは死んだ。死んだつもりで生きるのだ」

「えっ」

驚きつつも、刺客の恩情を理解したらしい。

「……か、かたじけない」

真壁は泣きながら、地べたに蹲《うずくま》る。

串部も眸子を潤ませ、ぐったりした娘を父親のそばに戻した。

蔵人介は黙って踵を返し、袖を靡かせながら足早に歩きだす。

串部が後ろから追いつき、弾んだ声を掛けてきた。

「さすが、殿でござる。感服いたしました」

ふたりは埋堀に沿って戻り、墨堤で右手へ曲がった。

「串部よ、安堵するのはまだ早いぞ」

墨堤の向こうから、殺気を帯びた人影が近づいてくる。

「げっ、あやつは」

串部が表情を変えた。

目のまえにあらわれたのは、公人朝夕人の土田伝右衛門である。

「くそったれめ、何しにきやがった」

殺気走る串部を気にも止めず、伝右衛門は蔵人介に対峙する。

「鬼役どの、首尾を見定めにまいりました」

「さようか」

「密命は果たされましたか」

「みておったのであろう」

「ええ、遠目からではござりますが、たしかに」

「それで」

「袈裟懸けの見事な一刀にござりました」

伝右衛門は薄く笑い、くるっと踵を返す。

串部は驚いたように、遠ざかる公人朝夕人の背中と蔵人介の横顔をみくらべた。

――ぼん。

夜空に大輪の花が咲いた。

「玉やあ」

すぐそばで、天神髷の嬶ぁが叫ぶ。

「鍵《かぎ》やあ」

串部も嬉々《きき》として応じた。

土手の一面には、金鳳花《きんぽうげ》が咲きみだれている。

蔵人介は軽やかな足取りで、両国橋のほうへ歩きはじめた。

雪白《ゆきしろ》対決

一

神楽坂上《かぐらざかうえ》。

暦《こよみ》は変わった。日射しが厳しい。

——すいか、すいかあ。

西瓜《すいか》売りの売り声も干涸《ひか》らびて聞こえる。

噎《む》せかえるような暑さをしのぐには、軒にぶらさがる吊葱《つりしのぶ》の音に耳をかたむけるか、びいどろの鉢で泳ぐ金魚を眺めて過ごすしかなかろう。

それほど暑くとも、食が細ることはない。

実父の孫兵衛《まごべえ》が営む『まんさく』を訪れ、鱸《すずき》のあらいや鰈《かれい》の蒸し焼きといった旬の料理に舌鼓を打った。ちぎり蒟蒻の煮染《にし》めはあいかわらず美味かったが、辛みの効いた夏大根を添えた二八蕎麦《にはちそば》は絶品の喉越しで、女将のおようが注いでくれる下り酒ともよく合っていた。

吉野杉《よしのすぎ》と蕎麦の香りを満喫しつつも、ふとした拍子にみせる孫兵衛の渋い顔が気になった。

理由はわかっている。

何故、孫の鐵太郎を大坂なんぞへ行かせてしまったのかと、恨み言を吐きたかったにちがいない。

それでも、口をへの字に曲げて恨み言を吐かぬのは、千代田城のありもしない天守を三十年余りも守りつづけた御家人《ごけにん》の矜持《きょうじ》であろう。今は侍身分を捨て、小料理屋の亭主におさまっているものの、孫兵衛は忠義ひと筋に生きた気骨《きこつ》のある幕臣だった。愛妻を早くに亡くし、御家人長屋で幼い蔵人介を育て、一人息子を旗本の養子にするという夢を叶えた。

だが、蔵人介を十一歳で手放したことと、養子に出したさきが毒味役の家であったことに、今でも後ろめたさを抱いている。

身分のちがいを理由にして、孫兵衛は白昼に矢背家の敷居をまたいだことがない。

にもかかわらず、鐵太郎のはなしになると目尻を下げっぱなしにしていた。

傍《はた》で眺めていても、孫の成長に元気づけられているのがわかった。

何度か、見世に連れてきたこともある。孫兵衛は遠慮してあまり喋ろうともしなかったが、心の底から嬉しそうだった。賢い鐵太郎にもそれがわかるので、孫兵衛のことを「爺《じじ》さま、爺さま」と親しげに呼んでいた。

やはり、別れの機会をきちんともうけてやるべきだった。

辛い別れになるのを恐れ、敢えてふたりを逢わせなかったのだ。

それが今になって悔やまれてならない。

鐵太郎はいつかきっと、立派に成長して江戸へ帰ってくる。

緒方洪庵のもとで医術を修め、蘭学の造詣《ぞうけい》も深め、この国の行く末を描くほどの人物になるかもしれない。

そうなってほしいと期待する反面、幕府への忠義や侍としての礼節は失ってほしくないと願っている。ともあれ、毒味役を継がせるには惜しい才能であったと、そうおもえば納得もできた。

ただ、孫兵衛にしてみれば、あたりまえのように鐵太郎が矢背家を継ぐものと考えていたであろうし、いつでも心おきなく訪ねてこられる府内にいてほしかったはずだ。親離れ子離れは致し方のないこととしても、やはり、遠くへ旅立つ孫を逢わせなかったのは情のない仕打ちであったかもしれぬ。

蔵人介はあれこれ考え事をしながら、櫟《くぬぎ》や小楢《こなら》が木陰をつくる甃《いしだたみ》の小径《こみち》を進んだ。

帰路は筑土《つくど》八幡に詣ってから三年《さんねん》坂を上り、急勾配の神楽坂を牛込《うしごめ》御門に向かって下る。

橋下には船着場があるので、荷を担いだ車夫も多い。

季節に関わりなく、神楽坂をのんびり下っていくのが好きだ。

蒼天には繭玉《まゆだま》のような雲がある。道端には夏薊《なつあざみ》が咲いていた。

眼下に帯となって広がる御濠は、眩《まばゆ》いばかりに煌《きら》めいている。

――ぶつっ。

突如、草履の鼻緒が切れた。

「うっ」

足が縺《もつ》れたところへ、殺気が近づいた。

背後だ。

「矢背蔵人介」

呼び捨てにされ、首を捻った。
若い侍が鬼の形相で走ってくる。
さらに、若い侍の背後には、大八車が凄まじい勢いで迫っていた。
蔵人介は意表を衝かれ、動くことができない。
「ぬわっ」
つぎの瞬間、若い侍が大八車にはねられた。
からだが高々と宙に飛び、大八車は横転する。
濛々《もうもう》と塵芥《じんかい》が舞うなか、蔵人介は蹲るしかない。
袖で鼻と口を覆い、地べたに散乱する荷をみた。
筵の破れ口から、黒光りした炭が転がっている。
鎌倉河岸《かまくらがし》の炭市で仕入れた炭であろうか。
車夫たちが血相を変え、坂を駆けおりてきた。
「お侍さま、お侍さま」
蔵人介は呼ばれても応じず、仰向けに倒れた若い侍のもとに近寄る。
裾を割って腰を屈め、首筋に指を触れてみた。
どくどくと、脈は打っている。

幸運にも気を失っただけらしい。

おもったとおり、青臭い風貌だが、月代《さかやき》は五分ほど伸びていた。

女形《おやま》にしてもよさそうな細い鼻梁《びりょう》のしたに、無精髭も生えている。

いずれにしろ、幕臣でもなければ、浅黄裏《あさぎうら》の勤番侍でもなかろう。

江戸府内にごまんといる仕官のできぬ侍のひとりにまちがいない。

車夫たちが不安げに尋ねてきた。

「……し、死んじまったのかね」

大八車ではねた相手が死ねば、車夫たちは死罪を免《まぬか》れない。

蔵人介は若い侍の後ろにまわり、抱きおこして活を入れた。

「うっ」

気づいた侍は、目を白黒させる。

やはり、怪我はないらしい。

「みたところ、平気のようだな」

蔵人介がこぼすと、車夫たちは安堵の溜息を吐いた。

「それじゃ、あっしらはこれで」

止める暇も与えず、逃げるように離れていく。

そして、横倒しの大八車を起こし、そそくさと炭俵を積みこむや、こちらを振りかえりもせずに坂を下りていった。

蔵人介は渋い顔で見送り、若い侍のほうへ向きなおる。

「わしに何か用か」

強い口調で問うても、反応はない。

顔をまじまじとみつめてくる。

黒目がちの瞳に敵意はなかった。

名を呼ばれたときに感じた殺気は、何であったのか。

ためらっていると、皹割《ひびわ》れた唇《くち》もとが動いた。

「……あ、あの、どちらさまでしょう」

「ん」

蔵人介は眉をひそめる。

「妙な男だな。気を失うまえに、わしの名を呼んだであろう」

「えっ」

「おぼえておらぬのか」

「……は、はい」

頭の打ちどころでもわるかったのだろうか。

「おぬし、名は」

尋ねても、首を捻るばかりだ。

「おもいだせぬのか」

「はい、いっこうに」

「おぬしは、大八車にはねられたのだぞ」

「えっ、まことでござりますか」

「ほら、あれを」

道端に残る轍《わだち》を指差すと、心の底から驚いてみせる。

身に振りかかった災難すら、おぼえておらぬらしい。

「どれ、みせてみろ」

もう一度、頭の傷をじっくり調べてみた。

後ろ頭にたんこぶができている以外、外傷らしきものはない。

「困ったな」

みおぼえのない相手だが、名を呼ばれた以上、放っておくわけにもいかなかった。

ともかくも立たせ、着物の埃《ほこり》をはらってやる。

「申しわけござりませぬ」

殊勝な顔で謝る様子が、何やら健気《けなげ》でしおらしい。

「家に来るか」

仕方なく水を向けると、若い侍は遠慮がちにうなずいた。

二

千代田城中奥、笹之間。

夏の御膳は食材の傷みを避け、酢を多めに使う。

鱸や鮎《あゆ》は蓼酢《たでず》を付けて焼き、剝き身の貝は青酢味噌で食べる。

酸っぱいものと言えば、梅干しと紫蘇《しそ》を一緒盛りにして煮え湯と胡麻を掛けた代物なども見受けられたが、公方家慶の御膳に欠かせぬ添え物は薄切りにして甘酢に漬けた生姜《しょうが》だった。

一風変わったところでは、せいごという魚がある。生後一年に満たぬ鱸の幼魚で、蓮《はす》の葉に巻いて食べると香ばしい。あるいは、細かく骨を切った鱧《はも》もある。加賀《かが》藩の献上氷に付けて身を引きしめ、梅肉とともに食す。

想像しただけで口がすぼまってしまう品ばかりだが、どれも酒と相性がよいので、上戸の家慶にとっては好物ばかりであった。

肴《さかな》としては、干し鰈や干し鯛、生干しの鯛《だい》、鰹節《かつおぶし》を裂いたものなども並んでいる。いずれも酒に浸して塩煮にし、付けあわせには胡桃《くるみ》が添えてある。酢でしめた魚と熱い飯を交互に重ねて容器に入れ、蓋をして一夜発酵させた押し鮓《ずし》なども見受けられた。ともあれ、夏の膳はいつにも増して気が抜けない。

蔵人介は懐紙で口を隠しつつ、自前の竹箸を器用に使って朝餉の毒味をおこなっていた。

毛髪はもちろん、睫毛の一本でも皿に落ちたら、叱責どころでは済まされない。公方の食す料理に息がかかるのも不浄なこととされ、箸で摘んだ魚の切れ端を口へ運ぶだけでも手間が掛かる。

それでも、一の膳から二の膳へ、毒味はとどこおりなく進んでいった。

七宝焼の平皿には、山葵《わさび》醬油を付けてこんがり焼いた真鯛の尾頭付きが供されている。

蔵人介は箸の先端で慎重に骨を取り、素早く身をほぐしていった。魚の骨取りは鬼役の鬼門《きもん》、鯛のすがたをくずさずに背骨を抜き、丹念に小骨を取らねばならぬ。

頭、尾、鰭《ひれ》のかたちを保ったまま骨抜きにするのは、熟練を要する至難の業だ。

山場を難なく乗りこえ、仕上げに柚子切り蕎麦を音を起《た》てずに啜る。

このときを待ちかまえていたように、相番の桜木兵庫が声を掛けてきた。

「いやはや、尾頭付きの骨取りは、眺めておるだけでもしんどうござる。されど、こたびも感服つかまつった。さすが、鬼役のなかの鬼役、矢背蔵人介どのじゃ。それがしなどは足許にもおよばぬ」

蔵人介はにこりともせずに、箸をそっと措《お》いた。

そもそも、桜木など眼中にない。太鼓腹を突きだし、手拭いでしきりに額の汗を拭っている。そんな男がどうして鬼役を名乗り、堂々と笹之間に座っていられるのか、蔵人介には理解できなかった。

襖が開き、配膳方が硯蓋《すずりぶた》に菓子を載せてくる。

「ふほっ、お待ちかねの甘味じゃ」

浅ましい桜木は役目を忘れ、じゅるっと涎《よだれ》を啜りあげた。

平常は高坏《たかつき》に二種ほどしか置かれぬ菓子が、嘉祥《かじょう》の儀が近づくと六種以上に増える。

「寄水《よりみず》に金飩《きんとん》、羊羹《ようかん》に阿古屋《あこや》、鶉焼《うずらやき》に饅頭《まんじゅう》……大広間では十六種もの菓子が供される。どれもこれも、御用菓子司の大久保主水《おおくぼもんと》さま配下の職人たちが技の粋《すい》を集めてこしらえたお品、もったいのうて食すのに気が引け申す」

などとつぶやきながらも、桜木は手を伸ばそうとする。

「待たれよ」

蔵人介は制した。

魚の骨取りを拒む者に、甘い菓子の毒味はさせられない。

菓子を楽しんで食そうとする者に、鬼役はつとまらぬ。

無言でたしなめると、桜木は肥えた顔を醜くゆがめた。

「後生《ごしょう》でござる。せめて、煉《ね》り羊羹をひと齧《かじ》りだけでも」

「笑止《しょうし》な。恥を知りなされ」

ふて腐れる相番を尻目に、蔵人介は硯蓋を引きよせる。

そして、寄水から順に口へ入れていった。

桜木は垂涎《すいぜん》の眼差しでみつめ、仕舞いには涙目になる。

水無月《みなづき》十六日におこなわれる嘉祥の儀とは、家康《いえやす》が縁起を担いではじめた疫気祓《えきばら》いの行事だった。

幕府御用菓子司の『大久保主水』でつくられた菓子を、公方が城内大広間にて諸大名にふるまう。武田信玄《たけだしんげん》と角突きあわせた三方ヶ原《みかたはら》の戦いに際し、戦勝祈願をおこなった羽入八幡にて、家康は室町の御代に流通した嘉祥通宝《かじょうつうほう》を拾った。同じ陣中へ、大久保家先祖の藤五郎《とうごろう》が六種の菓子を献上して以来、徳川家は繁栄をみることになった。開運の契機となったふたつの逸話に因《ちな》み、毎夏、徳川の威勢をしめす嘉祥の儀が城内で催されるようになったのだ。

桜木は黙っていられず、どうでもよいはなしをしはじめた。

「羊羹という字は、羊のあつものと書きまする。これは遣唐使がもたらした羊肉のあつものに由来し、ときを経て菓子の流しものを羊羹と呼ぶにいたったのでござる。頂き物の棹《さお》羊羹はハレの睨み鯛のごとく、手をつけずに放っておくのが礼儀、色変わりして砂糖の薄氷が張ったあたりで齧るのが作法にござる」

悔しまぎれに知っていることを口に出し、どうにか平常心を保っているようだ。

蔵人介が無視を決めこんでも、肥えた相番は勝手に喋りつづける。

「一方、饅頭は鎌倉の初期に渡来し、源頼朝《みなもとのよりとも》公が男児出生の祝いにと家臣に配られたのが嚆矢《こうし》とか。恐ろしいことに、勝利の祝い膳に敵将の首を並べた名残とも言われております。矢背どのが食しておられる餡《あん》なぞは、さしずめ敵将の脳味噌でござろう。くほほ、拙者はどちらかと申せば、塩味の勝った塩餡が好物でござる。

矢背どのはいかに。やはり、塩よりも砂糖でござるか」

これも応じずにいると、桜木は厳めしげにうなずいた。

「さよう、砂糖と申せば和三盆《わさんぼん》でござる。砂糖黍《きび》から作る黒砂糖を白くせよとご命じになったのは、ご存じのとおり、吉宗《よしむね》公であらせられた」

水はけの良い南斜面に丈の低い竹糖《ちくとう》なる砂糖黍を植え、これを師走《しわす》に刈りとり、汁を煮つめて搾汁《さくじゆう》を取る。灰汁《あく》をひきながら煮つめて冷やせば、赤味のある白下《しろした》糖《とう》ができあがる。これを麻布に包んで押し舟で圧《お》し、糖蜜を抜いていく。水をかけて練りこみ、幾度となく糖蜜を抜き、さらに、盆の上で練る。

「練ることを、職人は研《と》ぐと呼ぶそうで。どぶ研ぎ、中研ぎ、上研ぎと称し、盆の上で三度は研がねばなりませぬ。盆の上で三度。それゆえ、和三盆なのでござる」

桜木が自慢げに語る内容ならば、蔵人介も承知している。

享保《きようほう》の頃まで、白砂糖はすべて唐土《もろこし》から渡ってきた。「三盆《さんぼん》、頂番《ちようばん》、並白《なみしろ》」と呼ばれて珍重され、高価すぎるので幕府の財政を揺るがすほどのものとなった。そこで、八代将軍吉宗は国産の砂糖作りを奨励し、これにいち早く応じた讃岐《さぬき》の高松《たかまつ》藩が平賀源内《ひらがげんない》を招聘《しようへい》して砂糖の精製に挑んだ。見事に精製された極上の砂糖は「三《さん》盆白《ぼんしろ》」や「雪白《ゆきしろ》」と呼ばれ、今では高価な和菓子作りの支えとなっている。

「これは聞いたはなしでござるが」

桜木が身を乗りだし、声をひそめた。

「今から十年前、雪白対決と申す和三盆の対決があったそうな」

十年前の雪白対決と聞き、蔵人介はぴくりと耳を動かす。

おぼえているどころか、みずからも深く関わった凶事だ。

讃岐国の高松藩と隣りあう阿波《あわ》国の徳島《とくしま》藩が、双方の意地をかけて競った砂糖対決でもあった。

「ご存じのとおり、高松松平家は会津《あいづ》松平家および彦根井伊《ひこねいい》家とご同格のお家柄、西国《さいごく》諸国に睨みを利かせる探題《たんだい》の役割をも担ってござる。さりとて、徳島藩蜂須賀《はちすか》家も二十五万七千石の大藩、十二万石の高松藩松平家に負けてはならじと、あらゆる手管を講じたと聞きました」

嘉祥の儀の直前、御用菓子をつくる『大久保主水』の邸内にて催された「雪白対決」において、勝ったのは讃岐産の砂糖であった。だが、途中までは阿波産の優位が伝えられていたという。

「ほかでもない、鬼役の舌に阻まれたのでござるよ」

当主である大久保主水の招きで砂糖の判別を依頼された鬼役が、行事役の面前で讃岐産の白砂糖を使った干菓子に毒が混ぜてあるのを見抜き、そののち、敵対する徳島藩蜂須賀家の家臣によって企てられた謀事《はかりごと》と判明したのだ。

「鬼役の名までは、お聞きできませなんだ。もしや、矢背どの、干菓子の毒を舐《な》めたのは、そこもとでは」

「さようなはなし、初耳にござる」

平然と応じつつも、胸の裡《うち》にはさざ波が立っていた。

干菓子の砂糖に混ぜられた毒を見破ったのは、蔵人介にほかならない。

内々に探索がおこなわれ、下手人として捕まったのは蜂須賀家の御膳所頭だった。その人物は潔く罪をみとめ、牢内で舌を噛んで果てた。藩は御膳所頭ひとりに罪を負わせて幕引きをはかろうとしたものの、大目付《おおめつけ》の探索方はこれを許さず、ほどもなく、穴吹玄蕃《あなぶきげんば》なる国元の次席家老が黒幕であることが判明した。

穴吹は「砂糖は藩政を潤す柱」と声高《こわだか》に大義を叫び、裏では御用達の砂糖問屋から賄賂《まいない》をたんまり貰っていた。私利私欲のために姑息《こそく》な策を練り、敵対する讃岐産の砂糖に毒を仕込む暴挙に出たのだ。

公方の命を狙うのも同然の所業である。けっして許される行為ではないが、蜂須賀家ほどの大大名を表立って断罪するのは得策ではない。それゆえ、黒幕の暗殺という手段が講じられた。

大目付の依頼を受け、蔵人介が徳島城下入りをしたのだ。

密命を帯びた蔵人介は海路で四国へ渡り、暗い夜道で穴吹玄蕃を一刀のもとに斬りふせた。

ところが、穴吹の盾になった用人がいた。

今でも、胸が痛む。目途を達するためであったとはいえ、罪無き忠臣をひとり斬ってしまった。

十年前の苦い思い出が、砂糖の甘さとともに蘇ってくる。

「矢背どの、いかがなされた」

桜木の声で我に返った。

「はなしは終わってござらぬ。じつを申せば、こたびの嘉祥喰いにあたって、十年ぶりに讃岐と阿波の砂糖対決がおこなわれる運びになったとか」

「ん、それはまことでござるか」

「噂によれば、さるお偉方の肝煎《きもい》りらしい。くふふ、御小納戸頭取の園部《そのべ》土佐守《とさのかみ》さまにござるよ」

「土佐守さまが」

園部土佐守富茂《とみしげ》は、抜け目のない中奥の差配役である。西ノ丸の大御所家斉から重宝され、長らく中奥で威勢をふるった中野碩翁《なかのせきおう》とも裏で通じていた。幕閣の御歴々に取りいる手管に長《た》け、大奥の受けもよく、今将軍家慶からも頼りにされている。

だが、橘右近などは「佞臣《ねいしん》のひとりじゃ」と切りすて、老中の水野忠邦も狡知《こうち》に長けたところを嫌っていた。

「おおかた、阿波産の砂糖がはいった甘い汁でも吸わされたのでござろう。土佐守さまが癇癪《かんしゃく》持ちであることは、矢背どのもご存じのはず」

南の御廊下を曲がって御膳所へ向かう途中に、白兎《しろうさぎ》の描かれた杉戸がある。土佐守はあるとき、杉戸の建付《たてつけ》が悪いのが堪忍ならぬと吼《ほ》え、怒りにまかせて杉戸を蹴破ってしまった。しかも、その罪を配下のひとりにかぶせ、甲州《こうしゅう》へ飛ばしてしまったのだ。

すぐさま箝口令《かんこうれい》が敷かれたものの、知らぬ者とてない逸話であった。爾来《じらい》、土佐守は陰で「癇癪持ちの白兎」と呼ばれるようになり、下の連中から腫れ物のように扱われている。

「こたびの砂糖対決を『雪兎対決』などと呼ぶ者もござってな。はたして、讃岐と阿波のどちらが選ばれるのか。しかも、肝煎りが土佐とくれば、四国のうちの三国までが揃いぶみ、洒落《しゃれ》が効いておる」

十年前の因縁を知る者ならば、いやが上にも注目せざるを得まい。

「禍々《まがまが》しいことが起こらぬともかぎらぬわ。ぬひょひょ」

肥えすぎた相番は耳障りな笑い声を起て、羊羹の切れ端を摘む。

蔵人介はたしなめる気も失せ、口に残った餡を渋茶で流しこんだ。

三

名無しの若い侍は、志乃によって「車大八《くるまだいはち》」と仮名を付けられた。

自邸に連れてきてからは、三日三晩死んだように眠り、五日目の今朝になっても記憶が戻った様子はない。

「さようか、もう五日も経ったのか」

志乃は呆れた顔で驚いてみせたが、大八を嫌っているわけではなさそうだ。

何しろ、飯の食いっぷりが気持ちよい。

朝餉はかっこむように白米を三膳食べ、居候《いそうろう》にしては図々しさも垣間見せる。

見目のよいことも手伝ってか、幸恵にもこれといって不満はないようだった。

「まるで、相撲取りのようでござりますな」

などと、おなご衆は軽口を交わし、着物のほつれを直したり、蔵人介の着物を貸してやったりしながら甲斐甲斐しく面倒をみている。

居候の先達《せんだつ》でもある卯三郎はと言えば、どことなく落ちつかない感じで、九段坂下の練兵館へ行っても稽古に身がはいらぬらしい。稽古不足を取りもどそうと、日の高いうちから庭で木刀を振りつづけていた。

「いえい、たあ」

大八は野良猫の「ぬけ」を抱いて縁側に座り、汗を散らす卯三郎のすがたをみるともなしにみつめている。

「どうだ」

と、蔵人介が声を掛けても、悲しげな顔を向けるだけだ。

羽織っているのが見覚えのある浴衣なので、苦笑せざるを得ない。

昨晩、志乃には「長く置いてはおけませぬよ」と告げられていた。

あらためて言うまでもなく、家計は厳しい。せめてもの足しにしようと、志乃は町娘相手に茶や生け花や着付けを教え、幸恵は鐵太郎へ仕送りするために裁縫の賃仕事をはじめた。

食い扶持《ぶち》がひとり増えれば、すぐさま、家計に響く。

それゆえ、大八には一刻も早く記憶を取りもどしてほしかった。

「されど、何故、そなたの名を呼んだのであろう」

志乃は首をかしげた。

ただ呼ばれたのではなく、呼び捨てにされたのだ。

「命を狙われたのかもしれぬぞ」

発したそばから「戯れ言じゃ」と志乃は笑ったが、あり得ないはなしではなかった。

幕命とはいうものの、これまでに多くの命を奪ってきた。

遺族に恨まれても仕方がない。

ただし、こちらの素姓を知る者はひとりもいないはずだった。

引導を渡す相手以外に名乗ったおぼえはなく、草葉の陰から死人に囁かれでもしないかぎり、遺族が刺客の素姓を知ることはあり得なかった。

「何やら、辛気《しんき》臭いのう。みなで祭り見物にでもまいろうか」

翌早朝、志乃の音頭で重い腰をあげさせられた。

水無月は祭りが多い。神田明神《かんだ》では天王祭《てんのう》がはじまったし、品川《しながわ》や佃島《つくだじま》や近いところでは赤坂《あかさか》の氷川《ひかわ》神社でも祭りが催される。

一行が向かったさきは、品川であった。

「どうせなら、遠出をしよう」

と、志乃が遊山《ゆさん》気分でみなを煽ったのだ。

品川の天王祭は、七日の今日が初日だった。

洲崎《すさき》の漁師たちが牛頭《ごず》天王の神輿《みこし》を担ぎ、上下に揉みながら海にはいっていく。この「神輿洗い」を観たさに集まる見物人も多く、水無月の風物詩にも取りあげられていた。

見上げれば快晴、一朶《いちだ》の雲もない。

東海道ではなく、川と海をたどって舟で向かったのが功を奏し、一行は雄壮《ゆうそう》な「神輿洗い」を沖から見物する幸運に恵まれた。

「なんたあ」

「さあい」

神輿の担ぎ手たちの掛け声が、波音に負けぬほど轟《とどろ》いている。

背の立たぬ深さまで担ぎださねばならぬので、漁師たちは命懸けだ。

ようやく浜辺に戻された神輿は、品川の南にある宿場衆が引きつぎ、鮫洲《さめず》の外れまで渡御《とぎょ》していく。還幸《かんこう》は翌日の夜明けらしく、一晩中誰かが神輿を担いでいなければならない。

蔵人介たち一行は栈橋に舟を寄せ、浜辺へ降りたった。

品川の遊里からも白塗りの女たちが見物にくるので、浜辺の周囲は何やら艶っぽく華やいだ空気に包まれている。

裸男たちの熱気は風を呼び、縄手《なわて》の松並木は浜風にざわめいていた。

街道筋には食べ物屋台が並び、冷水《ひやみず》や裁《た》ち売りの西瓜は飛ぶように売れている。

熱風の吹きすさぶなか、人いきれで息が詰まりそうになりつつも、祭りの喧噪《けんそう》はからだじゅうの熱い血を駆りたてた。

串部と卯三郎は褌《ふんどし》一丁になり、熱い砂地を水際まで走っていく。

志乃は日除け用にと番傘をさし、幸恵ともども青海原に目を細めた。

蔵人介は、大八の様子をそれとなく窺った。

海をみつめる瞳に輝きが戻ることもなく、微笑みを失った表情からは祭りの後の虚しさしか感じられない。

わざわざ品川まで連れてきてやったのに、変化の兆しも無しか。

蔵人介は流れる汗を拭きながら、焦燥とも怒りともつかぬ感情にとらわれた。

一行は品川宿の水茶屋で休み、ふたたび、舟を調達して海路をたどった。

次第に暮れなずむ海原や大川の絶景を眺めても、端正な面立ちをした若侍の記憶が戻る兆候はみられない。

市ケ谷《いちがや》御納戸町の自邸に戻るころには、すっかり日も暮れてしまった。

何処の家も夏は戸を全開にし、風通しをよくして蚊帳《かや》を吊り、寝苦しい夜を過ごさねばならない。

留守番を仰せつかっていた女中頭のおせきが、商家から贈り物を預かったと告げた。

立派な木箱の蓋を開けると、棹羊羹が二本もはいっている。

「おやまあ」

志乃は驚きと嬉しさの入りまじった顔になった。

羊羹は『大久保主水』の高価な品だが、贈り主の屋号に聞きおぼえがない。

「白金《しろかね》にある鳴門《なると》屋彦兵衛《ひこべえ》さまのお使いと伺いました」

申し訳なさそうに告げるおせきに罪はない。

蔵人介は毒味御用で食した羊羹の味をおもいだした。

おせきによれば、鳴門屋とは砂糖の卸問屋らしい。

「砂糖か」

――十年ぶりに讃岐と阿波の砂糖対決がおこなわれる運びになったとか。

桜木兵庫の発した台詞も気に掛かる。

忘れかけていたのに、十年前の苦い記憶がまた蘇ってきた。

次席家老とともに斬りすてた用人の名は、三芳寛右衛門《みよしかんえもん》という。

徳島藩の御留流《おとめりゆう》でもある貫心流《かんしん》の遣い手で、実直な太刀筋から推しても悪事不正とは縁のない忠臣であることは想像できた。それゆえ、なおさら、罪深さを感じたのかもしれない。蔵人介は三芳の御霊《みたま》を慰めるべく、すぐには江戸へ戻らず、遍路白衣《へんろびやくえ》に身を包み、阿波二十三ヶ所の霊場を経巡《へめぐ》った。

十年経った今でも目を瞑《つむ》れば、三芳寛右衛門の断末魔が聞こえてくる。

「いずれにしろ、おぼえのない贈り物を頂戴するわけにはまいりませぬ」

きっぱり言いきると、志乃も幸恵も残念そうな顔をした。

「こちらでおぼえはなくとも、あちらはおぼえているということもありましょう」

志乃はしぶとく発し、艶《つや》めいた羊羹をしげしげと眺める。

「あるいは、こうも考えられよう。鬼役を家業とする矢背家に恩を売り、御用達の座を狙っているのやもしれぬ」

「鳴門屋がでござりますか」

「そうじゃ。となれば、この羊羹は音物《いんもつ》。挨拶代わりのお品ということになろう」

「養母上《ははうえ》、音物は賄賂にござる。なおのこと、頂戴するわけにはまいりますまい」

「お待ちなされ。何も目くじらを立てるほどのことはない。たかが、煉り羊羹じゃ」

「されど、煉り羊羹にござります。大久保主水の棹羊羹は一本で銀四匁《もんめ》、二本で二升の米が買えるのですぞ」

「ふん、さようなこと、そなたに言われずともわかっておるわ」

ふたりの掛けあいを嬉しそうに聞いていたのは、四角い顔の串部であった。

「大奥さま、急《せ》いてはなりませぬ。羊羹に毒が仕込んであるやもしれませぬぞ」

などと、横合いから戯《たわむ》れた口を挟む。

途端に、志乃は顔を朱《しゅ》に染めた。

「従者の分際で何を抜かす。毒入り饅頭なら聞いたことはあるが、毒入り羊羹なぞ聞いたこともないわ」

「余計なことを申しました。お詫びに拙者が毒味をいたしましょうぞ」

「それにはおよばぬ。この大酒呑みの甘党め、すっこんでおれ」

「はは」

串部は頭を掻き、横を向いて舌をぺろりと出す。

幸恵がくすくす笑い、卯三郎も笑いをこらえた。

大八だけはひとり、羊羹の入れてある木箱の蓋をみつめたまま黙っている。

木箱の蓋には熨斗《のし》がつけてあり、熨斗には『鳴門屋』の屋号が墨書《すみがき》されていた。

「ともあれ、明日にでも鳴門屋を訪ね、それがしが直に確かめてまいりましょう。

先方の意図がはっきりせぬうちは、どうか、ご賞味なされませぬよう」

蔵人介の言いまわしが気に食わなかったようで、志乃はぷんぷん怒りながら仏間に引っこんでしまった。

幸恵は木箱の蓋を閉め、神棚の奥へ仕舞う。

「食べ頃は、砂糖の薄氷が張ったころにござりますな」

串部はまた余計な台詞を吐き、がははと嗤《わら》いあげた。

四

白金道を目黒《めぐろ》不動に向かって進む。

砂糖問屋の『鳴門屋』は、布袋尊《ほていそん》を奉じる瑞聖寺《ずいしょうじ》のそばにあった。

道を挟んで斜め前方には、蜂須賀阿波守と松平讃岐守の下屋敷が仲良く並んでいる。

「阿波と讃岐か」

桜木兵庫の言った「雪白対決」をおもいだし、蔵人介は顔をしかめた。

うしろに控える串部が『鳴門屋』の屋根看板を見上げてつぶやく。

「鳴門と称するだけあって、阿波蜂須賀家の御用達にござりますな」

棹羊羹を贈られた理由が、いっそうわからなくなった。

蔵人介が徳島藩蜂須賀家と関わったのは、生涯で一度しかない。

わざわざ四国までおもむいた十年前の出来事は、ともに難事を潜りぬけてきた串部もうろおぼえのようだった。

「なにせ、それがしは随行しておりませなんだ。殿が四国巡礼をなされたことも初耳にござる」

「巡礼とは申せ、八十八ヶ所の札所《ふだしょ》を経巡ったわけではない」

「阿波二十三ヶ所の札所巡りだけでも難儀《なんぎ》なことにござります。かならずや、ご利《り》益《やく》はあったに相違ござらぬ」

忘れもしない。「南無大師遍照金剛《なむだいしへんじょうこんごう》」と書かれた菅笠を頭にかぶり、背には「同《どう》行《ぎょう》二《に》人《にん》」と書かれた白い笈摺《おいずり》を纏い、刀を金剛杖に替えて遍路道をたどった。土《と》佐《さ》へとつづく街道の起点になるのが、鳴門の湊だった。

撫養《むや》から吉野《よしの》川に沿って進み、一番札所である竺和山霊山寺《じくわざんりょうぜんじ》の仁王門を潜った。十善戒の堅守を誓って弘法《こうぼう》大師の弟子になり、徳島城下を迂回して眉山《びざん》山麓から立江《たつえ》に向かった。六番札所の温泉山安楽寺《おんせんざんあんらくじ》では鉄錆色の温泉に浸かり、十番札所の得度山切幡寺《とくどざんきりはたじ》では弘法大師縁《ゆかり》の千手観音像を拝んだ。険しい山道を越えて二十三番札所の医王山薬王寺《いおうざんやくおうじ》にいたるまで、みえない力に背中を押されながら無心に歩きつづけたのをおぼえている。

「されど、江戸に戻り、わしは殺生戒を破った」

あのときの巡礼は何の意味もなかったのだ。

「今はまだ、巡礼の最中なのでござりますよ」

と、串部は真顔で応じてくれた。

「悪党を成敗する鬼がおらぬようになれば、この世は闇に閉ざされましょう。闇に光を射すことが、鬼にとっての償いなのでござります」

殊勝な台詞を吐き、先陣を切って『鳴門屋』の敷居をまたぐ。

蔵人介は苦笑し、心強い従者の背につづいた。

「ごめん、主人の彦兵衛はおるか」

串部の大声に気圧《けお》され、竹箒を握った丁稚《でっち》が縮みあがる。

手代が奥へ引っこもうとするのを止め、帳場格子から番頭が顔を出した。

「お武家さま、何かご用で」

老練そうな白髪頭の番頭だ。

串部が振りむき、笑いながら囁いた。

「殿、おせきが申しておりました。棹羊羹を携えてきた使いは、白髪頭の番頭であったと」

「ふむ、されば、音物の事情も存じておろう」

蔵人介は身を乗りだし、番頭に喋りかける。

「それがしは矢背蔵人介。昨日、自邸に音物を届けにまいったのは、おぬしか」

「へへえ」

番頭は恐縮し、下にも置かぬ態度で接する。

「丁稚におみ足を濯《すす》がせましょう」

「いいや、それにはおよばぬ」

「されば、どうぞこちらへ」

揉み手で作り笑いを浮かべ、番頭は蔵人介と串部を床にあげた。

導かれるがままに客間へ通されると、丁稚が麦湯を運んでくる。

茶請けは、煉り羊羹の切れ端だ。

「うほっ」

串部は喜んだが、蔵人介が懐紙に包むのをみて、仕方なくまねをする。

家で待つ女たちの土産にするものと、すぐに察したのだ。

丁稚が部屋から出ていくのと入れ替わりに、恰幅のよい五十男があらわれた。

「ようこそ、おいでくださりました。手前が主人の彦兵衛にござります」

福々しい布袋に似た主人が、畳に三つ指をつく。

さらに、下座へ膝を進め、こちらが訪ねてくるのを見越していたかのように切りだした。

「矢背さま御自らお出ましいただくとは、夢にもおもいませなんだ。何と申しあげたらよいものか、恐悦至極とはこのことにござります」

「建前の挨拶はいらぬ。面識もないはずだが、何故、音物を届けさせたのだ」

「矢背さまは日の本一の御毒味役とお聞きしました。それゆえにでござります」

「わからぬな。蜂須賀家御用達の砂糖問屋から棹羊羹を貰う謂《い》われはないぞ」

「たしかに、手前どもが仕入れのほうで便宜をはかっていただくとすれば、幕府御用菓子司の大久保主水さまか、もしくは、食材の調達を司る御小納戸や御膳所のお役人さまにござりましょう。御毒味役の矢背さまには関わりのないことにございます」

「口利きのための音物ではないと申すのか」

「はい」

「ならば、何故だ」

「お届けの羊羹を、よくよく味わっていただきとう存じます。いいえ、羊羹だけではござりませぬ。阿波産の雪白でつくった菓子の味をご賞味いただきたいと存じ、まことに勝手ながら、棹羊羹をご挨拶代わりに届けさせたのでござります」

布袋は両手を畳につき、潰《つぶ》れ蛙《がえる》のごとく頭をさげる。

蔵人介は、あからさまに溜息を吐いた。

いくら説かれても、謎は解けない。

鳴門屋は両手をついたまま、くっと顔を持ちあげた。

「二日後の十日巳《み》ノ刻、日本橋《にほんばし》の大久保主水さま御邸内にて、阿波と讃岐の和三盆を使った菓子の食べ競《くら》べがござります。事情を知る者たちのあいだでは『雪兎対決』などと呼ばれておりますが、その食べ競べで嘉祥の儀に献じる和三盆がどちらになるか決まるのでござります」

十年ぶりに「雪白対決」がおこなわれるというのは、まことのはなしであった。

「この十年、大久保主水さまのもとで使われてまいったのは、讃岐産の和三盆にござりました。もちろん、高松藩松平家の後ろ盾があってのことにござります。お上のお墨付きを得て、讃岐の砂糖問屋は潤いました。それを横目で眺めながら、手前ども阿波の砂糖問屋は忸怩《じくじ》たるおもいを噛みしめてきたのでござります。お世話になっております蜂須賀家のお歴々も、口惜しいおもいをしてこられました。何故かと申せば、手前ども阿波の雪白は、讃岐に負けず劣らず美味しいのでござります。いいえ、讃岐の和三盆なぞ遥かに凌駕《りょうが》しておりましょう。おわかりになる方に食していただければ、たちどころに判明いたします。まさしく、阿波の和三盆こそが雪白のなかの雪白、そのことを明らかにいたす好機が公方さまの御側御用取次であられる郡上院伊予守《ぐじょういんいよのかみ》さまのおはからいで、ようやく訪れたのでござります」

鳴門屋は目に涙さえ浮かべ、滔々《とうとう》と喋りつづける。

蔵人介は「郡上院伊予守」という名に眉をひそめた。

郡上院伊予守実興《さねおき》、公方家慶のそばにいて如才なく役目をこなしながら、そのじつ裏では大御所家斉と通じている「蝙蝠《こうもり》」にほかならない。先祖は公家の系譜に連なるらしく、有職故実《ゆうそくこじつ》に長けており、側衆のあいだでは「高飛車で鼻持ちのならない人物」として知られていた。

直にはなしたこともないし、関わりたくもない相手だ。

蔵人介は焦《じ》れたように問うた。

「砂糖の食べ競べをやりたいのならば、勝手にやるがよかろう。毒味役のわしとは関わりのないはなしだ」

「いいえ」

鳴門屋は首を横に振り、さきほどまでとはちがう鋭い眼差しを向けてくる。

「矢背さまには、行司役の皆々様がお選びになった菓子がどちらの和三盆を使用しておるのか、その場で判別をしていただきとうござります」

十年前と同じだ。

「何故、わしに頼む」

「正確に判別できる方をとお願い申しあげたところ、矢背さまがご推挙されるはこびと相成りました」

「何だと」

「対決の前日、すなわち明日、ご内示がござりましょう」

いったい、誰から内示されるというのか。

職掌から言えば、御小姓組番頭の橘右近ということになるが、橘が阿波と讃岐の争いに首を突っこみ、敢えて火中の栗を拾うとはおもえない。

「御小納戸頭取の園部土佐守さまから、ご内示がおありかと」

「なにっ、土佐守さまから」

園部土佐守は郡上院伊予守の子飼いでもある。

おそらく、郡上院や園部には鳴門屋から多額の賄賂が注ぎこまれているにちがいない。しかし、何故、さして懇意でもない園部から内示を受けねばならぬのか、蔵人介は首を捻る。

いや、おもいあたる節はあるにはあった。

十年前、園部は五百石取りの御小納戸衆にすぎなかった。当時頭取だった中野碩翁の引きであれよあれよという間に出世を遂げた園部に、蔵人介は「おぬしのおかげで首が繋がった」と感謝された。嘉祥の儀に供される予定の菓子を食し、毒が仕込まれたのを見抜いたからだ。園部は配膳の差配を仰せつかっており、公方に毒入り菓子が供されでもしたら、切腹せざるを得ないところだった。

あのときの恩を、今になって返すつもりなのか。

それとも、ほかに何か意図があってのことなのか。

園部土佐守から直に聞いてみる以外に知りようはなかった。

鳴門屋によれば、雪白対決の行司役には郡上院と園部がなり、若年寄《わかどしより》の本多《ほんだ》豊後《ぶんごの》守助賢《かみすけかた》も列席するという。余裕綽々《よゆうしゃくしゃく》の態度から推すと、鳴門屋は信濃《しなの》国飯山《いいやま》藩二万石を領する豊後守の周囲にも、すでに、根まわしを済ませているようだ。

「わがほうの勝ちはみえてござる。ただ、相手は百戦錬磨の讃岐、最後の最後で勝ちを攫《さら》われる恐れもござります。何事も念には念を入れてと申しますれば、矢背さまには事前にご挨拶をとおもった次第。対決当日、お口に入れていただく菓子については、もちろん、どちらの砂糖を使っているのかお知らせいたしませぬ。勝敗は神仏のみぞ知るところにござりますれば、どなたさまもいずれか一方に肩入れすることはできませぬ」

鳴門屋は緊張した面持ちで、じっとこちらの目を覗いてくる。

「園部さまが仰せになりました。『矢背蔵人介は神の舌を持っている』と。さきほども申しあげましたとおり、矢背さまには行司役のみなさまが選ばれた菓子を食べていただき、見届人のみなさまのまえで讃岐と阿波どちらの和三盆を使っているのかを判別していただきたく存じまする」

御用菓子を食べ慣れた蔵人介ならば、どちらの砂糖を使っているかなど、たちどころにわかる。

「これも何かのご縁と、さようにお考えいただきとう存じまする」

鳴門屋は十年前のことを知っているのだろうか。

ふと、そんなふうに勘ぐった。

「なにとぞ、よしなに」

畳に額《ぬか》ずかれ、辟易《へきえき》させられる。

蔵人介は串部に命じ、風呂敷を差しださせた。

開かずともわかる。中身は棹羊羹の納められた木箱だ。

「……そ、それは」

「おぬしが番頭に届けさせた棹羊羹だ。事情を聞いたかぎり、頂戴するわけにはまいらぬ」

「そこまで仰るなら、致し方ございませぬ」

鳴門屋は口をへの字に曲げ、がっくり肩を落とす。

肩を落としたいのは、こちらのほうだ。

家に戻れば、女たちに騒がれるのは目にみえている。

余計なことをしてくれたせいで、平穏な暮らしに波風が立ってしまったではないか。

この、古狸め。

蔵人介は胸の裡で悪態を吐き、重い腰を持ちあげた。

五

薄暮《はくぼ》が近づいていた。

庭に咲いた絹糸のような薄紅色の花は、人の怒りを除くという合歓《ねむ》の花だ。

車大八はあいかわらず、記憶を失ったままでいる。

蔵人介は自邸に戻るや、志乃から仏間に呼ばれた。

仏壇には線香の煙が揺らめいている。

先代の養父信頼《のぶより》は鬼籍《きせき》に入ってからも、仏壇の奥にしかつめらしく座り、遺された者たちを冷めた目でみているような気がしてならない。

むんとするような蒸し暑さにもかかわらず、志乃に襖障子を閉めろと命じられた。

叱責されるとすれば、鳴門屋に突きかえしてきた棹羊羹のことだ。

どうやって説こうかと道々考えてきたが、よい言い訳は浮かばなかった。

奉書紙に包んだ羊羹の切れ端を差しだせば、かえって怒りを買うかもしれない。

「まあ、座りなされ」

志乃は穏やかに言い、抹茶まで点《た》ててくれた。

茶請けの干菓子は、教え子の家から束脩《そくしゅう》代わりに頂戴したものらしい。

「大久保主水の干菓子じゃ」

と、志乃は自慢げに小鼻を膨らます。

蔵人介は渋い抹茶を呑み、干菓子を摘んで齧った。

「ん、これは讃岐産の和三盆を使っておりますな」

「さすがじゃな。干菓子に使う砂糖の出所まで言いあてるとは」

「阿波産の和三盆とは、似ているようでちがいます」

「白金の砂糖問屋はどうであった」

やはり、そのことかとおもい、蔵人介は顔をしかめる。

勘のよい志乃は、首尾を察したようだった。

「融通の利かぬおぬしのことじゃ。音物を受けとる謂われはないゆえ、棹羊羹は返すと見得を切ったのであろう」

「仰せのとおりにござります。棹羊羹は突きかえしてまいりました。その代わりと申しては何ですが」

奉書紙に包んだ羊羹の切れ端をみせると、志乃は「ふん」と鼻を鳴らした。

「それが戦利品か。ま、詮方あるまい。謂われのないものを食せば罰が当たる。ご先代もきっと、そう仰ったであろう」

志乃は潤んだ目で仏壇をみつめ、軽くうなずいてみせた。

意外にも落ちついた様子なので、拍子抜けしてしまう。

志乃はこちらに向きなおり、膝を躙《にじ》りよせてきた。

「ちと気になることがある。大八のことじゃ」

「あの者が何か喋りましたか」

「喋りはせぬ。あいかわらず、おのれの名さえ思い出せぬようでな。されど、みなが寝静まった夜更けのことじゃ。何者かの殺気を感じてな、そっと戸を開けて廊下を覗いてみると、庭の暗がりに人がひとり佇《たたず》んでおった。大八じゃ。声を掛けようとして、おもいとどまった。後ろ姿が哀れでな。ふと、こちらを振りむいたので、おもわず戸を閉めたが、何やら、泣いているようでもあった」

「養母上の気配を察するとは、並みの者ではありませぬな」

「そこじゃ。卯三郎の素振り稽古をみる目が尋常でないことに気づいてな、ためしに木刀を取らせてみたのじゃ」

卯三郎と対峙させ、寸止めの勝負をさせたのだという。

「それはまた、おもいきったことを」

「どうなったとおもう」

「さあ」

「勝負は互角じゃった」

「ほほう。となれば、あの者、かなり剣術の修行を積んでおりますな」

「それだけではない」

「と、仰ると」

「ゆったりとした大きな構えに、みおぼえがあった。あの者はたぶん、貫心流を修めておる」

「貫心流」

「さよう」

源義経《よしつね》と鬼一法眼《きいちほうげん》に起源をおく鞍馬八流《くらまはちりゅう》から派生し、毛利《もうり》家の客将であった宍戸《しど》司箭家俊《しせんいえとし》が安芸《あき》の地にひろめた。

「そもそも、宍戸司箭が究めたのは薙刀《なぎなた》術でな、わたくしも司箭流の形《かた》を必死に修めた時期があったゆえ、貫心流の形もよく存じておる」

貫心流において薙刀と刀は表裏一体とされ、同流にある「槍構え」や「持ちかえ」などは薙刀から派生した形にほかならない。

ともあれ、薙刀の名手である志乃の目に狂いはなかろう。

蔵人介は納得顔でうなずいた。

「貫心流は安芸広島《ひろしま》藩浅野《あさの》家の御留流にござる。ひょっとすると、浅野家に関わりのある者かもしれませぬな」

「そうともかぎらぬ」

「えっ」

志乃は思案顔で吐きすてた。

「貫心流を御留流にしているのは、浅野家だけではない。もうひとつある」

「あっ」

蔵人介はおもわず、声をあげた。

「合点《がてん》したようじゃな。さよう、阿波徳島の蜂須賀家じゃ」

志乃はからだごと横を向き、井戸茶碗を布で拭いだす。

二杯目の茶を点てるべく、肩衝《かたつき》の茶入れの蓋を取った。

「串部が申しておったぞ。鳴門屋は蜂須賀家の御用達らしいのう」

「いかにも、さようにござります」

「大八が家に転がりこんできて六日目に、蜂須賀家の御用達から棹羊羹が届けられた。これは偶然であろうかのう」

偶然でなければ、鳴門屋は大八と関わりがあるとも考えられる。

大八と繋がりを保ちたいがために、棹羊羹を届けたのかもしれなかった。

志乃は下を向き、さくさくと茶筅《ちゃせん》を動かす。

粟粒立った抹茶の香りが、線香の煙と絡みあった。

「やはり、そなたを呼び捨てにしたことが気に掛かる。過去の忌まわしい因縁が鎌《かま》首《くび》をもたげたのではあるまいか。そんなふうにもおもうてな」

おもいあたるのは、十年前の惨劇しかない。密命を受けて四国徳島城下へ潜行し、次席家老の穴吹玄蕃を闇討ちにした。そのとき、からだを張って穴吹を守ろうとした用人の三芳寛右衛門を斬ったのだ。

三芳は貫心流の遣い手であった。

たしか、十三になる男児がひとりあったようにおもう。

巡礼におもむくまえに調べたのだ。

もしかすると、車大八は三芳寛右衛門の遺児なのかもしれない。

だとすれば、どうやって父の仇が蔵人介であることを知ったのか。

沈思《ちんし》していると、二杯目の抹茶が差しだされた。

「蔵人介どの、何か、おもいあたることでも」

志乃に問われ、黙って首を横に振る。

鬼役に裏の役目があることを、志乃は先代から聞かされていない。

先代から刺客御用を引き継ぐ際、家の者には告げぬようにと釘を刺された。

それゆえ、妻の幸恵にも伝えておらず、従者の串部と義弟の綾辻市之進《あやつじいちのしん》にだけは打ちあけていた。

いずれにしろ、十年前の因縁を志乃に語るわけにはいかない。

「あの者の記憶、戻っておるやもしれぬぞ」

「えっ」

「ふふ、慌てなさるな。手前勘にすぎぬ」

おそらく、戻ってはおるまい。

大八からは微塵《みじん》の殺気も感じなかった。

だが、感情を面に出さぬように抑えているとすれば、ふいに斬りかかってくることも考えられる。

もちろん、得手勝手に想像しているだけのはなしだが、相手の気持ちが読めぬだけに不安も募った。

「ふっ、とんでもない荷物を背負いこんだのやもしれぬ」

志乃は茶釜をみつめ、不敵な笑みを浮かべてみせる。

大八をいつまでも家に置いておくわけにはいかない。

蔵人介はお点前《てまえ》を褒めるのも忘れ、苦い抹茶を呑みほした。

六

二日後。

幕府御用菓子司の大久保主水は、竜閑川《りゅうかんがわ》が日本橋大路と交錯する手前の神田寄りに屋敷を構えている。

十年前と変わらず、大きくて立派な屋敷だ。

家祖の初代藤五郎は治水を得意とし、御用菓子司に任じられる以前、江戸入りした家康に命じられて神田上水を築いた。その功績ゆえに「主水」の官名を賜り、屋敷のある川沿いの一角は「主水河岸」と称された。せっかく引いた水が濁らぬようにとの縁起を担ぎ、官名の「主水」は「もんと」と濁点を付けずに呼ばねばならない。

大久保家の当主は代々「大久保主水」を名乗り、千代田城内の催しに供する菓子の差配をおこなってきた。嘉祥の儀は一年のなかでもっとも重要な行事にほかならず、大久保家の晴れ舞台でもある。したがって、菓子作りを支える和三盆は最上のものを選ばねばならない。

それだけに、今日の「雪白対決」に賭ける意気込みにも並々ならぬものがあった。

この対決はまた、高松藩松平家と徳島藩蜂須賀家の意地を賭けた競いあいであると同時に、日の本一の和三盆を決める催しとも喧伝《けんでん》されていた。

菓子問屋の仕込みで読売にも載ったせいか、主水河岸には朝から鈴生《すずな》りの野次馬が集まり、行司役とおぼしき重臣を乗せた権門駕籠が到着するたびに、押すな押すなの騒ぎとなった。

鳴門屋がわざとこうした盛りあがりを企て、見世の名を世に知らしめようとしたのではないかと疑いたくもなる。

蔵人介の脳裏には、十年前の記憶がはっきりと蘇っていた。

主催は大久保主水の先代がつとめ、行事役も別の重臣が担った。見届役として列席した両藩の重臣や御用達の顔ぶれもちがう。蔵人介だけがただひとり、今日と同じ役目を仰せつけられていた。十年前の「雪白対決」も大いに盛りあがりをみせたが、表沙汰にできぬような結末を招いたために、人々の記憶にはあまり残らなかったのだろう。

外の喧噪とはうらはらに、屋敷の内はぴんと張りつめた静寂に包まれている。

二十畳敷きの大広間に集った者たちの唾を呑む音さえ聞こえてきそうだった。

部屋は南面に瓢簞池《ひょうたん》のある庭をのぞみ、北面をふさぐ白壁の両端に一間《けん》ずつの出入口がある。東西は壁で仕切られ、千代田城を背にする西側に床の間が設《しつら》えられており、上座に座る者は公方の名代とも目された。

床の間を背にして座ったのは、若年寄の本多豊後守助賢である。

四十に近い壮年で、裃《かみしも》を着けたすがたはそれなりに威厳を感じるものの、一年の半分近くが雪に閉ざされる国元はいつも困窮しており、若年寄の地位を保持するのに四苦八苦している。御用商人の付けいる隙は、いくらでもあった。

主催の大久保主水は庭を背にして座り、これと相対する恰好でふたりの重臣が並んでいる。上座側に座るのは御側御用取次の郡上院伊予守実興、隣は御小納戸頭取の園部土佐守富茂であった。

招かれた三人の重臣が行司役となる。

蔵人介は末席に座っており、大広間にはほかにも讃岐と阿波から三人ずつ計六人の者たちが見届役として列席を許されていた。

六人のうち四人は、高松藩松平家と徳島藩蜂須賀家から参じた藩士たちだ。

身分の低い者たちではない。いずれも、次席家老とその用人頭であった。

両家と密接に繋がる砂糖問屋もおり、鳴門屋の布袋顔も見受けられる。

鳴門屋に何事かを耳打ちされている偉そうな人物は、蒲生田《がもうだ》正重《まさしげ》という蜂須賀家の次席家老だった。背後に控える目つきの鋭い用人頭は戸室《とむろ》十太夫《じゆうだゆう》といい、藩内随一の剣客らしい。

戸室は殺気を放ちつつ、対峙する松平家の用人頭を睨みつけている。

蒲生田や戸室のことは、鳴門屋から事前に聞いていた。三人の意に沿って阿波産の砂糖に軍配をあげてやれば、毎月のように煉り羊羹が家に届けられるにちがいない。

主催の大久保主水が襟を正し、よく通る声で口上を述べはじめた。

「お集まりの皆々様、本日は嘉祥の儀に供させていただく御用菓子について、和三盆の吟味をしていただきたく存じまする。大久保家家祖の藤五郎忠行《ただゆき》は、神君家康公にお仕えした三河《みかわ》侍にござりました。宝飯郡《ほいのごおり》赤坂郷《あかさかごう》に三百石の領地を頂戴しておりましたが、永禄《えいろく》六年（一五六三）、三河大久保党三十六騎のひとりとして一向一揆の征伐におもむいた際、敵方の鉄砲弾を腰に受けて負傷し、槍働きができぬようになりました。されど、失意の日々におぼえた菓子作りによって、そののち、御用菓子司に任じられる栄誉に浴したのでござりまする。藤五郎の作りし三河餅は、家康公からことのほか喜ばれました。武田勢を相手取った三方ヶ原の戦いの折も、戦勝祈願をおこなった浜松《はままつ》の羽入八幡において六種の菓子を献上たてまつりました。その際、家康公が嘉祥銭を拾われたことにより、御菓子献上の祝い事は嘉祥の儀と命名され、徳川宗家において代々受けつがれるたいせつな行事となったのでござりまする」

口上はいつ果てるともなくつづき、列席者たちはしきりに欠伸《あくび》を嚙み殺した。

そして、ようやく菓子を食す段となった。

背後下手の一間襖が開き、大久保家の者たちが硯蓋を恭《うやうや》しく運んでくる。

硯蓋が若年寄の本多豊後守から順に行司役の面前へ置かれると、ふたたび、主水が口をひらいた。

「ご覧のとおり、硯蓋には阿古屋、金飩、鶉焼、寄水、熨斗、羊羹と六種の菓子が二個ずつ載せてござります。二個のうちの一方は讃岐産、また一方は阿波産の和三盆を使ってござります。二個を順に食していただき、献上に値するとおもわれたほうを半分だけお残しくだされますよう。ほかは食していただいても、懐紙にお包みいただいても結構でござります」

行司役三人の選んだ菓子だけが硯蓋に残される。それを蔵人介が順に食べ、見届人たちのまえで讃岐産か阿波産かを言いあてていくのだ。

なるほど、特別な舌を持つ者にしかできぬ役目ではあった。

だが、硯蓋に配された六種十二個の菓子は、位置さえ事前に聞いておけば、区別するのはさほど難しくない。行事役三人が砂糖問屋に依頼され、あらかじめどちらか一方に決めていることも充分に考えられた。

そうであるとするならば、蔵人介はとんだ茶番に手を貸すことになる。

主水の声が朗々と響いた。

「されば、皆々様、お願い申しあげまする。どうか、ご存分にご賞味を」

本多豊後守が、さっそく阿古屋に手を伸ばす。

ひと口齧り、うんうんとうなずいた。

さらに、もうひとつの阿古屋を手に取って齧り、こちらも満足げにうなずく。

豊後守は少し迷ったすえ、最初に手に取ったほうの食べかけを懐紙にくるんだ。

つまり、後に齧ったほうを選んだのである。

見掛けはまったく同じ、味のちがいもわかるまい。

すでに、郡上院伊予守と園部土佐守も阿古屋を試し終えている。

伊予守は最初に食べたほうを選び、土佐守は後のほうを選んだ。

そんな調子で試食は進み、三人の硯蓋には六種類の菓子の切れ端が残された。

「つづきまして、御膳奉行の矢背蔵人介さまより、讃岐産か阿波産かの判別をおこなっていただきまする。使う和三盆が讃岐産ならば赤、阿波産ならば白の札を硯蓋のうえに置いていただきとう存じます。それゆえ、勝敗は一目瞭然にござります る」

菓子の種類に応じて砂糖の相性も変わってくるので、各々の菓子について札のあがったほうの砂糖を使うという。

なお、嘉祥の儀にあたっては、ぜんぶで十六種類の菓子が供される。本日の試食のなかった十種類については、六種類に使う砂糖が決まればそこから導きだすことはできるらしい。

ともあれ、蔵人介が赤白を判別した時点で、大久保主水の御用菓子にどちらの和三盆を使うのかが決まる。

一同は緊張しながら、黙然と座る蔵人介に注目した。

——かたん。

しわぶきひとつ聞こえぬ静寂のなかに、突如、添水《そうず》の音が響きわたる。

誰もが、びくっと肩を持ちあげた。

硯蓋に注目する余り、添水の音にすら気づかなかったのだ。

蔵人介はおもむろに竹箸を取り、最初の菓子に取りかかる。
箸で摘んだ切れ端は、本多豊後守の選んだ阿古屋だった。
口に入れず、ひと舐めする。
それだけで、どちらの砂糖を使っているのかわかった。
見届役の連中は頬を強張らせ、前のめりになっている。
黒漆の硯蓋に置かれた札は白、阿波産の砂糖であった。
安堵とも落胆ともつかぬ溜息が漏れる。
蔵人介は箸を替え、こんどは金鈍の切れ端を摘んだ。
こちらも食す必要はない。
硯蓋に置かれたのは、やはり、白い札だった。
さらに、蔵人介は別の箸を手にする。
竹箸はきっちり十八膳用意されていた。
よどみなく判別はつづき、豊後守の試食した硯蓋が終わった。
部屋じゅうに、ざわめきが起こる。
何と、置かれた六枚の札はすべて白、阿波産の圧勝であった。
蔵人介は周囲の動揺など意に介さず、淡々と箸を替えていく。

やがて、郡上院と園部の硯蓋についても勝敗があきらかになった。置かれた札の色はすべて白、驚くべきことに赤の札は一枚もない。蜂須賀家の連中は手を叩かんばかりにして喜び、松平家の連中は怒りで顔を朱に染めた。

大久保主水が感極まり、声を震わせる。

「ご一同もご覧のとおり、札は白一色と相成りました。勝敗は申すまでもございりますまい。嘉祥の儀に供する大久保主水の御用菓子にはすべて、阿波産の和三盆を使わせていただきまする」

対立する双方の感情がぶつかりあい、部屋のなかに殺気が膨らんだ。

これを避けるかのように、三人の行司役がぞろぞろ退出してしまう。

やはり、鳴門屋に金を貰っておったのだなと、蔵人介は察していた。

味も風味もほとんど変わらぬ和三盆同士で、これほどはっきりと勝敗が決するはずはないのだ。

讃岐の連中は我慢がならず、大久保主水に詰めよっている。

これを阿波の連中が阻もうとして、双方は一触即発の様相をみせた。

こうなることは目にみえていたが、蔵人介には関わりのないことだ。

禄を頂戴する幕臣として、上から命じられたことをやったまでのことだ。

蔵人介は騒ぎを尻目に部屋を退出し、野次馬の群がる表口を避けて裏口から外へ逃れていった。

七

従者の串部に誘われ、芳町《よしちょう》の一膳飯屋『お福《ふく》』に立ち寄った。

中食《ちゅうじき》の刻限も終わりかけたころで、さほど混んではいない。

「あら、おいでなされまし」

ふっくらした色白の女将はおふく、かつては吉原の花魁《おいらん》だった。身請けしてくれた商人が抜け荷に絡んで闕所《けっしょ》となり、見限って裸一貫から一膳飯屋をはじめ、細腕一本で見世を切り盛りしている。

おふくは髪を三つ輪髷に結い、薄化粧のうえに紅を少しだけ引いていた。纏う着物は路考茶《ろこうちゃ》によろけ縞《じま》の浴衣、きりりと白い襷《たすき》掛《が》けをしたすがたは、男たちの目を喜ばせている。

串部がおふくをみる目は、いつもとろんとしていた。

恋心を抱いているのだが、不器用ゆえに伝えられずにいる。

蔵人介は盃をかたむけつつ、串部とおふくの焦れったい間合いを楽しんでいた。

「お殿さまとは、ずいぶんご無沙汰ですね」

おふくは艶っぽく微笑み、ぐい吞みに冷や酒を注いでくれる。

茄子《なす》の浅漬けと瓜揉みで酒を舐《な》め、蔵人介は満足そうにうなずいた。

気取った見世ではない。芋の煮ころばしで安酒を吞ませる芋酒屋といっしょだ。

客も力仕事の連中が多い。旗本の当主が来るような見世ではないが、蔵人介はおふくの味付けを気に入っている。

「お腹がお空きなら」

おふくはこちらの腹具合を察し、鯒《こち》の煮付けと麦飯を出してくれた。

厚く輪切りにして面取りした夏大根が添えられ、目にも涼しい青柚子の輪切りも見受けられる。青山葵を添えた味噌汁の実は干し河豚《ふぐ》の皮だと騙されたが、じつは鰻にほかならない。

串部には好物の泥鰌《どじょう》鍋を小鍋仕立てでつくりはじめた。

葱《ねぎ》は使わずに笹掻きを煮込み、味噌と山椒《さんしょう》と七味で汁だくさんにする。

「川柳にもござんしょう。笹掻きの牛蒡《ごぼう》のそばでみなごろし」

おふくは朗らかに笑い、鍋が煮立つやいなや、生きたままの泥鰌を丸のまま抛《ほう》りこんだ。そして、素早く蓋で押さえこむ。

「へへ、お待ちかねの一品よ」

できあがった泥鰌鍋を、串部は汗だくで平らげていった。

美味そうに食べる様子を、おふくは微笑みながら眺めている。

串部にとっては至福のひとときなのだろうと、蔵人介はおもった。

ふと、平皿の魚に目が止まる。

「あれは刺鯖《さしさば》かい」

「さいですよ。お盆にはひと月早いけど、ちょいと作ってみたんです」

鯖を背開きにしてひと塩にし、二枚重ねてひと刺しにしたのち、蓮飯などとともに膳に出す。お盆の最中、双親《ふたおや》の長寿を祝う生身魂《いきみたま》には欠かせぬ代物だ。

竹ではなしに、鉄の火箸で刺してあるのがおもしろい。

串部が、くすっと笑いながら言った。

「殿、鳴門屋から鼻薬を嗅がされた三人のお偉方、何やら鯖に似ておりましたな」

「じつはな、わしもそうおもっていたのだ」

ことに、御小納戸頭取の園部土佐守は、ぎょろ目を剥いて口をぱくぱくさせながら菓子を食う様子など、鯖にそっくりだった。

「火箸を抜いて、お出ししましょうか」

おふくに問われ、蔵人介と串部は首を横に振る。

「そろりと退散することにしよう」

ふたりはおふくに礼を言い、膨らんだ腹をさすりながら見世を出た。

「おかげで腹もできたし、気も晴れた」

蔵人介が快活に発すると、串部も道草が功を奏したと喜んだ。

堀川の土手には、百合《ゆり》に似た橙《だいだい》色の花が咲いている。

「萱草《かんぞう》の花でござりますな」

「ふむ、そうだな」

憂いを晴らすという言いつたえから、忘草《わすれぐさ》の異称もある。

「殿、もしや、車大八のことをお考えでは」

「わかるか」

「ええ。このところ、ずいぶんお悩みのご様子ですからな。明日にでも、おふくのもとへ連れてまいりましょうか。外の風に当たれば、自分の名くらいは思い出すやもしれませぬぞ」

「すでに、思い出しておるやもしれぬ」

「えっ」

「養母上がそう申したのだ」

「大奥さまが」

「ふむ、養母上の勘は外れたことがないからな」

ふたりは鎌倉河岸へ戻り、内濠に沿って番町《ばんちょう》のほうへ歩いていった。

ちょうど日盛りの頃合いで、建物や樹木の片陰《かたかげ》を探しながら重い足を運ぶ。

迷路のような番町を通りすぎ、苦労して市ケ谷御門までたどりついた。

門を抜けて右手に曲がれば、自邸へつづく浄瑠璃《じょうるり》坂は近い。

「それにしても、鳴門屋め、まんまとやりおおせましたな」

しばらく黙然と歩きつづけた串部が、唐突に口をひらいた。

「殿のお見立てどおり、行事役の御歴々はあらかじめ鼻薬を嗅がされていたに相違ござらぬ。されど、それがしに言わせれば、讃岐の連中は怠慢にすぎると言わざるを得ませぬな。例年どおりに自分たちの砂糖が選ばれると高《たか》をくくり、安閑と構えておったあげく、負けを喫したのでござりましょう」

どちらにしても、阿波の連中は勝った。蔵人介が鳴門屋の思惑に加担してしまったことに変わりはない。

「殿が硯蓋に赤札を置いたら、どうなっておったでしょうな。ひょっとしたら、阿波の連中に命を狙われておったやもしれませぬぞ」

阿波の連中に命を狙われるということは、その逆もまたあり得るということだ。

――かたかた。

霍乱《かくらん》の薬を売る定斎屋《じょうさいや》が、天秤棒で担いだ抽出《ひきだし》の鐶《かん》を鳴らしてやってくる。

茹《う》だるような炎天のもと、行く手に待ちかまえる侍たちの人影が陽炎《かげろう》のように揺れていた。

「殿、噂をすれば影にござる」

数えてみれば、侍は八人ほどいる。

浄瑠璃坂の坂下に陣取っているので、避けて別の道をたどるわけにもいかない。

歩調も変えずに近づいていくと、八人の顔色が変わった。

そのうちのひとりは、見知った顔だ。

「串部、あれは讃岐の連中だな」

「げっ、まことでござりますか」

驚く串部を追いこし、蔵人介は相手との間合いを詰めていく。

刀の届く一歩手前で足を止めると、見知った顔の月代侍が大声を張りあげた。

「本丸の鬼役、矢背蔵人介だな」

「そちらは」

「わしの名は坂出健吾《さかいでけんご》。高松藩松平家次席家老、善通寺大膳《ぜんつうじだいぜん》さまの用人頭じゃ」

坂出は厳《いか》ついからだを押しだし、刀の柄に右手を添える。

蔵人介は動じない。

「大久保主水さまのお宅でお見掛けしましたな。いったい、何用でござる」

「おぬし、わが藩を愚弄したな」

「仰ることがわかりませぬが」

「阿波の連中に肩入れし、白を黒と言いくるめたであろう」

「雪白対決のことなれば、それがしは命じられた役目を果たしたまでのこと。あらぬ疑いを掛けられるおぼえはござらぬ」

「すでに、証拠は摑んでおる。おぬしが偽りを述べたのは明白じゃ」

坂出は広い月代に汗を滲《にじ》ませ、口から泡を飛ばす。

蔵人介は首を捻った。

「証拠とは何でござろうか」

「おぬしに賄賂を贈った張本人に聞いたのじゃ。これほど確かな証拠もあるまい」

「ひょっとして、鳴門屋のことでござりますか。それならば、かの者は偽りを申しておりまする」

「黙れ。このままでは、わしらの気が済まぬ。成敗してくれるゆえ、刀を抜け」

「お待ちを。とんでもない逆恨みでござる」

「見苦しいぞ。侍なら抜け、尋常に勝負せよ」

坂出が抜刀すると、煽《あお》られた配下の者たちも一斉に刀を抜いた。

「腰抜けめ、抜かぬか」

いくら誘われても、蔵人介は刀を抜かない。

後ろの串部だけが同田貫を抜刀してみせる。

蔵人介は囁いた。

「串部、峰打ちにしろ」

「はっ」

やにわに、ひとり目の侍が斬りつけてくる。

蔵人介は避けもせずに身を寄せ、長柄刀の柄頭を突きだした。

「うっ」

相手は鳩尾《みぞおち》を押さえ、苦しげに蹲《うずくま》る。

「小癪《こしやく》な」

同時に斬りつけてきたふたりは、抜きの一刀で峰打ちにしてやった。

「居合じゃ。気をつけよ」

怯《ひる》む敵に向かって、こんどは串部が突進していく。

「ぬわああ」

低い姿勢で迫り、刀の峰を相手の臑に叩きつけた。

「ぎゃっ」

骨の軋《きし》む音と悲鳴が重なり、何人かが地べたに転がった。

串部のすがたは、獣道を突進する猪も同然だ。

悲鳴をあげたなかには、臑を折られた者もいよう。

藩士たちは瞬く間に数を減らされ、及び腰になった。

「退《さ》がれ。わしが相手じゃ」

坂出が前面に乗りだしてきた。

串部は横に外れ、蔵人介が納刀したまま対峙する。

物腰から推すと、かなりの手練《てだれ》にまちがいない。

下段青眼の構えは直心影流《じきしんかげ》、高松藩内でも盛んな流派だ。

「いやっ」

坂出は踏みこみも鋭く、二段突きを繰りだしてきた。

蔵人介はひょいと躱《かわ》し、愛刀の来国次を抜きはなつ。

くるっと峰に返すや、無造作に相手の手首を打った。

「ぐひぇっ」

骨の折れる鈍い音とともに、坂出は両膝を屈する。

蹲って肩を小刻みに震わせ、喋ることもできない。

呆気《あっけ》ないものだ。

残った連中は鶏冠《とさか》をやられ、闘う意欲を失った。

「おぬしらのことは忘れてやる。怪我人を連れて藩邸へ戻るがよい」

蔵人介の恩情に、讃岐の侍たちは無言で縋《すが》るしかない。

焼けるような土に這う仲間を抱きあげ、必死の形相で離れていった。

蔵人介と串部は納刀し、裾の埃を手でぱたぱた払う。

「殿、勘が当たりましたな。されど、腑《ふ》に落ちませぬ。連中、天敵の鳴門屋にけしかけられたような口振りでござりましたぞ」

「鳴門屋め、自分で姑息《こそく》な仕掛けを企んでおきながら、すべての責を殿にかぶせようとしたのかもしれませぬ」

「そうだな」

「わしの命が欲しいのかもな」

「だとすれば、許し難いはなしでござる」

串部が怒るのも当然だ。讃岐の連中を煽って命を狙わせた理由を、鳴門屋本人の口から聞かねばなるまい。

浄瑠璃坂を上る足取りは重い。

暑さのせいばかりでもなかろう。

さらなる凶事が自邸で待ちうけていることなど、蔵人介には知る由もなかった。

八

御納戸町の一角に、隣近所の人々が群がっている。

「お屋敷にございますぞ」

串部ともども押っ取り刀で駆けつけ、人垣を掻きわけた。

さすがに、門の内まではいってくる野次馬はいない。

玄関前で待っていたのは、下男の吾助《ごすけ》だった。

「お殿さま、車大八が正気を失いましてございます。大奥さまを盾に取り、仏間に立てこもってしまいました」

「養母上を盾に取っただと」

「はい。何はともあれ、お早く」

「ふむ」

草履を脱いで廊下へあがり、奥の仏間へ急ぐ。

閉めきられた襖障子のまえに卯三郎が抜刀して身構え、部屋を正面にみる庭のまんなかには重籐《しげどう》の弓を手にした幸恵と靫《うつぼ》を持った女中頭のおせきがいた。

庭に飛び下りた蔵人介のもとへ、幸恵が近づいてくる。

「あの者、記憶を取りもどしたやに見受けられまする。お殿さまのことを父の仇と断じきり、尋常に勝負せぬときは義母上の命を貰うと」

「さように喚《わめ》いておるのか」

「はい」

「なれど、あの養母上をよくぞ易々《やすやす》と捕まえられたな」

「わたくしも、そこが解《げ》せませぬ」

武芸に長じた志乃が易々と縛《ばく》に掛かるはずはない。

幸恵は小首をかしげた。

「もしかすると、義母上に何か考えがおありなのではないかと」

「なるほど」

そうした会話を交わしていると、がらっと内から襖障子が開いた。

仏間のある薄暗がりから、大八が叫びかけてくる。

「矢背蔵人介か。やっとめぐりあえたな」

大八のかたわらには、後ろ手に縛られた志乃が座っている。

昼寝でもしている隙を狙われたのだろうか。それ以外には考えられない。

どちらにしろ、落ちついた顔をしているので、少し肩の荷はおりた。

「義母上、だいじござりませぬか」

蔵人介は部屋に身を寄せ、大八ではなく、志乃のほうに声を掛ける。

「だいじない。帯締《おびじめ》で固く縛られてはおるがな」

志乃はそう応じ、声をあげずに笑った。

大八が焦れたように叫ぶ。

「三芳寛右衛門という名におぼえがあろう。十年前、阿波国徳島城下において、おぬしが斬ってすてた蜂須賀家の家臣だ」

重苦しい静寂のなか、掠れたような声がつづく。

「わしは寛右衛門が一子、三芳寛一郎《かんいちろう》じゃ」

志乃と幸恵はじっと動かず、蔵人介の反応を待っている。

人を斬ったことをみとめれば、橘右近から課された密命を打ちあけねばならぬ。それはできない。されど、認めずに嘘を吐くのは潔しとしない。侍としての沽券《こけん》が許さぬのだ。

進退窮まりつつも、何とか動揺を抑えこむ。

「三芳寛一郎とやら、記憶を取りもどしたのか」

「ああ、取りもどした。おぬしに父を斬られたとき、わしはまだ十三であった。母の言いつけを守って三芳家を継ぎ、五年の剣術修行を経て貫心流の免状を取った。免状を取ったのは、父の仇を討つためだ。病で逝った母を看取《みと》ったあと、藩の許しを得て、仇を捜す長い旅に出た。全国津々浦々を経巡り、姓名も素姓もわからぬ父の仇を捜しもとめたのだ」

蔵人介が父の仇と知ったのは、ほんの半月前のことだった。

恥を忍んで蜂須賀家の上屋敷を訪ねたところ、とある人物と出遭い、父の仇が蔵人介であることを囁かれた。

「教えてくれたのは蜂須賀家の御用達、鳴門屋彦兵衛どのだ」

「ほほう、鳴門屋がわしを仇と告げたのか」

「そうだ。信用のおける御用達が嘘を吐くはずもあるまい。彦兵衛どのは約束してくださった。見事に父の仇を討ったあかつきには、藩でもそれなりの地位に就くことができるよう、御歴々に取りなしてくれるとな」

寛一郎の眸子は狂気の色を帯びている。記憶を失っていたころの純粋さは消え、殺気立った獣のようにもみえた。

「矢背蔵人介、もう一度聞く。わが父、三芳寛右衛門を斬ったのは、おぬしだな」

蔵人介は応じず、逆しまに問いを発した。

「何故、養母上にさような縛《いまし》めを与えたのだ。おぬしを哀れにおもい、快く家に置いてくれた恩人だぞ」

「わかっておる。されど、あの方は見抜かれた。わしの目の色が変わったのを察し、記憶が戻ったと見抜きおったのだ。おぬしが幕臣随一の剣客だということも聞いておったのでな、できれば記憶が戻らぬふりをつづけ、不意討ちを食らわしてやりたかった。それができぬ今となっては、あの方を盾にして闘うのが得策。そうおもうたまでのことよ」

「ふん、恩を仇《あだ》で返すとは、このことだな」

「何とでも言うがいい。どのような手を使ってでも、わしはおぬしを討たねばならぬ」

「鳴門屋に何を吹きこまれたか知らぬが、誤解しているようだ」

「黙れ。おぬしの正体も聞いたぞ。公方さまの毒味役とは表向きのこと、真の役目は密命を帯びた刺客なのであろう」

喉の渇きをおぼえた。

何故、鳴門屋が知りようはずのないことを知っているのであろうか。

それでも、蔵人介は顔色ひとつ変えない。

「手前勘でものを言わぬほうがよい。されど、百歩譲って鳴門屋の申すことが正しいとしても、おぬしの父を斬った男は幕命によって徳島城下へおもむいたことにならぬか。看過できぬ悪事不正を断じるべく、おのれに課された役目を果たしたとするならば、おぬしがその男を仇と狙うのは筋違いだぞ。恨むなら、不正をおこなった者をこそ恨むべきではないのか」

「ふん、くどくど言い訳をする気か。見損なったぞ。わしが頭に描いた矢背蔵人介は、堂々とおのれの罪を認める潔い男であったわ」

寛一郎の台詞が、ひとつひとつ胸に刺さってくる。

もはや、言い訳はすまい。

だが、裏の役目もあきらかにはできぬ。

「どうした。もう、喋ることはないのか」

寛一郎は刀を抜き、廊下へ出てこようとする。

そのとき、戸陰に隠れた卯三郎が斬りかかろうとした。

「待て」

蔵人介が鋭く制止する。

卯三郎を巻きこむわけにはいかない。

自分自身で決着をつけねばならぬことだ。

これも何かの因縁とあきらめるしかあるまい。

「かくなるうえは」

取るべき方法はひとつ、本懐《ほんかい》を遂げさせてやるしかなかった。

寛一郎が名乗った瞬間から、蔵人介には斬られる覚悟ができていた。

「おぬしは居合を使うのであったな。されば、抜けとは言わぬ。こっちが斬りつけた刹那、勝負は決しよう」

「よかろう。斬りかかってこい」

蔵人介は肩の力を抜き、両腕をだらりとさげた。

誰ひとり、ことばを発する者はいない。

ふたりが刃を交えなければ、この場はおさまらぬと悟ったからだ。

「矢背蔵人介、覚悟せよ」

とんと廊下を蹴り、寛一郎は庭に向かって飛翔した。

中空で刀を振りかぶり、逆落としに斬りつけてくる。

もはや、これまで。

蔵人介は眸子を閉じた。

潔く斬られてやろうとおもったのだ。

「ぬげっ」

刹那、寛一郎がどさっと足許に落ちた。

かたわらには、志乃が愛用していた井戸茶碗が割れている。

寛一郎は頭から血を流し、気を失いかけていた。

咄嗟に井戸茶碗を投げたのは、縛られていたはずの志乃だった。

いつのまにか縛めを解き、濡れ縁のまんなかで仁王立ちしている。

「莫迦め、事情を知りたいがために、わざと縛られたのじゃ。蔵人介どの、何故、刀を抜こうとせぬ。まさか、そこな若造に斬られるつもりでおったのか。黙っておる理由は何じゃ。若造の申すとおり、三芳寛右衛門なる者を斬ったのか」

問いつめられても、蔵人介はこたえられない。

すると、寛一郎がむっくり起きあがってきた。

ふらつく足取りで身を寄せ、なおも刀を振りあげようとする。

何故か、目に涙が光っていた。

涙の意味を探りかねていると、寛一郎は刀を下ろす。

「わからぬ。何が嘘で何が真実《まこと》なのか」

悄然と佇むからだから、殺気が徐々に消えていった。

串部が刀を抜き、そっと背後から近づいてくる。

「殿、お退《ど》きくだされ」

寛一郎は我に返り、刀を振りあげた。

「ぬおっ」

頭上に襲いかかる一刀を、厚重ねの同田貫が強烈に弾いた。
――きいん。
弾かれた刀が、屋根のうえまで飛んでいく。
「うわああ」
寛一郎は獣のように咆吼《ほうこう》し、門から飛びだしていった。
その背中を、串部が納刀しながら追いかける。
「ふん、礼儀知らずな若造め」
志乃は憤然と吐きすてた。
それ以上、はなしを蒸しかえそうとはしない。
蔵人介は身を屈め、割れた井戸茶碗を拾いあげた。
鋳掛《いか》け屋なら接《つ》ぐこともできようが、価値は無に等しい。
寛一郎は真実を求めて、何処へ向かったのであろうか。
ともあれ、志乃のおかげで命を拾った。
幸恵は佇んだまま、目を真っ赤にしている。
勝手に死んでは困ると、目顔で訴えかけていた。
何故、死んでもよいとおもったのか。

死ぬことでしか償えぬとでもおもったのか。

蔵人介は自分の気持ちがよくわからなくなった。

九

白金道をたどって目黒不動へ抜ける途中に、行人坂《ぎょうにんざか》という急坂がある。

坂の中腹にある大円寺《だいえんじ》は七十年ほどまえの大火の際に火元となった寺で、境内には火事で亡くなった人々を供養する五百羅漢像が並んでいた。

坂下には目黒川が流れ、石の太鼓橋を渡ってさらに進めば目黒不動尊は近い。

夕刻になり、串部に導かれて足を運んだきさきは、石の太鼓橋を渡る手前の中目黒町であった。

目のまえには、裏長屋の朽ちかけた木戸門がある。

「三芳寛一郎は、こんなところで暮らしておるのか」

「はい。阿波守の下屋敷も、鳴門屋も近《ちこ》うござります」

故郷を忘れたくないがために、敢えて蜂須賀家と縁のある白金の地にねぐらを求めたのかもしれない。

「大家に聞いたはなしですと、二年ほどまえにやってきて、ひとりで住みはじめたそうです。真面目な性分で、虫籠作りなどの内職をしながら生活《たつき》を立て、仕官のさきを探している様子だったとか。快活で挨拶はきちんとするし、他人に言えぬような秘密を抱えているふうではなかった。ましてや、親の仇を捜している素振りなど、毛ほどもみせなかったと、大家は驚いておりました」

寛一郎の暮らしぶりに変化がみえはじめたのは、一年前のことだった。

野菜を売りにくる百姓の娘と懇《ねんご》ろになり、気づいてみれば同じ屋根のしたで夫婦も同然に暮らしはじめていた。

「娘は、きねと申します。百姓の娘にしては色白で、周囲をぱっと華やかにできる気立ての良い娘だったとか」

大家によれば、おきねは真冬に火鉢ひとつ抱えて転がりこんできたという。やがて、身籠もったものの、不運にも水に流してしまった。その直後から、寛一郎は荒れはじめたらしい。

「不動前で顔の利く破落戸《ごろつき》に誘われ、影富《かげとみ》に手を出しました。当たりもしない外れ札を買うために高利貸しから借金までしたあげく、借りた金を返すことができなくなり、おきねを借金のカタに取られてしまったそうで」

ちょうど、ひと月前のはなしらしい。

「売られた遊女屋からおきねを取りもどしたいので、身請金を貸してはくれまいかと、大家は何度も頼まれたそうです」

大家には助けてやることができなかった。何せ、寛一郎のこしらえた借金は三年分の家賃よりも多かったからだ。

「寛一郎は毎日朝と晩に目黒不動の比翼塚《ひよくづか》に詣で、自分のせいで身を売るはめになったおきねに謝っていたそうでござる」

「比翼塚か」

望んでも夫婦になることができなかった旗本奴《はたもとやっこ》の白井権八《しらいごんぱち》と遊女の小紫《こむらさき》に、自分とおきねの運命を重ねたのであろうか。

五年も親の仇を捜しあぐねている侍など、蜂須賀家から疾《と》うに見捨てられていたはずだ。自分にもそれがわかっていたので、寛一郎は恥を忍んで下屋敷を訪ねた。

八方塞がりの事情をはなし、金子を貸してもらおうとおもったのだ。

大家によれば、門前払いにされかけたという。

ところが、幸か不幸か、鳴門屋が門番と揉めた侍のことを小耳に挟んでいた。

「布袋顔の鳴門屋みずから、裏長屋を訪ねてきたそうでござる」

そして、寛一郎は父の仇である人物の姓名と素姓を告げられた。

「その晩は、大家のもとで祝杯をあげたそうです。本懐を遂げたあかつきには、おきねを取りもどすことができる。しかも、大手を振って藩に戻ることができる。寛一郎はそう言って喜び、鳴門屋を拝むまねまでしてみせた。酒の勢いも手伝って、人が変わったようだったとか」

仇討ちに金銭が絡んでいたとはいえ、同情の余地はある。

寛一郎は是が非でも、好いた相手を救いたかったのだ。

五年の歳月は長い。修業期間もふくめれば、寛一郎は十三で父を失ってから十年ものあいだ、仇討ちに身を捧げたことになる。詮無いこととはいえ、寛一郎にそうさせてしまった原因をつくったのは蔵人介だった。白衣を纏って札所を巡礼したところで、寛一郎の遺恨を慰めることはできぬ。

あらためて業の深さをおもい、蔵人介は悄然と佇むしかなかった。

できれば何とかしてやりたいが、この身を差しだすこと以外に妙案は浮かばない。

ふたりは長屋の木戸門を潜り、どぶ板を踏んで奥へと進んだ。

髪の乱れた嬶《かか》ぁが、佃煮を肴に湯呑み茶碗で昼酒を楽しんでいる。

井戸脇の部屋に向かい、腰高障子を開くと、饐《す》えた臭いが漂ってきた。

部屋には作りかけの虫籠が散乱し、へっついには南京虫《なんきん》が這っている。汚れて黒ずんだ火鉢のなかには、鉄の火箸が一本だけ転がっていた。おふくの見世で目にした二枚重ねの刺鯖をおもいだす。

ふうっと、串部が溜息を吐いた。

「おりませぬな。ちと、待ちますか」

面と向かったところで、何をはなせばよいのか戸惑ってしまう。誤解があるのだとしたら、ことばを尽くしてでも解きたかった。尋常な勝負をするかどうかは、それからでも遅くはあるまい。

「されど、わからぬのは鳴門屋の仕儀にござります」

と、串部は首をかしげた。

「煉り羊羹を贈っておきながら、讃岐の連中をけしかけたことといい、寛一郎に余計なはなしを吹きこんで仇討ちをさせたことといい、あきらかに、殿の命を狙っているとしかおもえませぬ。そもそも、殿が密命を帯びて徳島城下へおもむいた事情を、何故、一介の砂糖問屋が存じておるのでござりましょう」

「本人に糺《ただ》すしかあるまい」

「仰るとおりにござります。されば、今からでも乗りこみますか」

串部がぐっと力んだところへ、大家が血相を変えて駆けてきた。

「お侍さま方、大変でございます。三芳さまが自刃なされました」

「何だと」

「おきねもいっしょにございます。比翼塚のまえで、おきねを刺しぬいたあと、ご自身も喉を掻っ切って」

蔵人介は仕舞いまで聞かず、裾を端折《はしょ》って駆けだした。

木戸門から飛びだし、石の太鼓橋を渡って目黒不動へ向かったのだ。

荒い息を吐きながらたどりついてみると、惨事の場には人集《ひとだか》りができていた。

「すまぬ、通してくれ」

串部と人垣を掻きわけ、前面に躍りでる。

比翼塚のまえに、若い男女が蹲っていた。

塚を濡らす鮮血は、まだ固まっていない。

「くそったれめ、勝手に死にやがって」

十手を握った岡っ引きが、しきりに悪態を吐いている。

どうやら、不動界隈でも名の知れた阿漕な十手持ちらしく、おきねが売りとばされた女郎屋の抱え主とも通じていた。

串部は鬼の形相で近づき、岡っ引きの胸倉を掴む。

「こたえよ。何故、あの侍は命を絶ったのだ」

「……く、苦しい。喋るから、放してくれ」

串部が手を放すと、岡っ引きは乱れた襟をなおす。

「その若造が品川の女郎屋にあらわれ、おきねを奪って逃げたのさ。やっとみつけたとおもったら、月代頭の連中に追われていやがった」

「何だと。そいつらは何者だ」

「知らねえよ。風体から推すと、浅黄裏だろうぜ。そういや、ひとりだけ町人髷がまじっていたな。偉そうな布袋面の男さ」

鳴門屋だ。

廓《くるわ》抜けをやらかしたふたりをみつけ、追いつめたにちがいない。

「逃げようとする寛一郎を、鳴門屋は始末しにかかった。進退窮まった寛一郎は、おきねを道連れに自刃するしかなかったのでござりましょう」

串部が筋を描くと、岡っ引きが吐きすてた。

「そいつも侍の端くれだ。無様《ぶざま》に生きるのが嫌になったんだろうぜ」

無様であろうと何だろうと、ふたりで逃げのび、生きつづけてほしかった。

行き場のない怒りを持てあましていると、岡っ引きがつっと身を寄せてくる。

「あんた、矢背蔵人介さまかい」

「ん、そうだが」

「若造がこいつを携えていたぜ。あんた宛てだ」

差しだされた紙には、血が付いている。

開いてみると、震えた筆跡が目に飛びこんできた。


――貴殿を父の仇と見誤り、多大なご迷惑をお掛け申しあげました。万が一、討手から逃げおおせることができずとも、この世の地獄でみなさまからお受けしたご厚情は、あの世の地獄にてもけっして忘れませぬ。どうか、どうか、三芳父子との因縁は無かったものとお考えいただきたく、心安らかにお過ごしくだされますよう。


仇には仇の事情がある。そのことを理解し、みずからを納得させるために筆を執ったにちがいない。

蔵人介に出会ってその清廉《せいれん》な人となりに触れ、志乃や幸恵からも親身に世話を焼いてもらった。そのことをおもいかえし、仇討ちの無意味さを悟ったのだ。あるいは、刀を抜かずに斬られようとした蔵人介の覚悟が、心持ちに変化を生じさせたのかもしれない。

本懐を遂げられぬとあきらめた途端、寛一郎は生きる意味を見失いかけた。おきねを救うことで再起の道を模索しようとしたが、それもかなわなかったのだ。仕舞いには、自分を利用しようとした腹黒い連中に追いつめられた。唯一、好いてくれた娘を道連れに命を絶つことでしか、一片の輝きもない人生に意味を与えることができなかったのかもしれない。

「記憶を失ったままのほうが、しあわせだったのかもしれませぬな」

串部は路傍に咲いた萱草の花を摘《たむ》み、比翼塚に手向けた。

野次馬の何人かがそれにならい、ふたつの屍骸に手を合わせる。

「おきねの屍骸はきれいなもんだ」

と、岡っ引きが漏らした。

なるほど、目立った金瘡《きず》は見受けられず、眠ったように死んでいる。

「これが何かわかりやすかい」

岡っ引きが差しだしたのは、鉄の火箸であった。

「若造はこいつで、おきねの心ノ臓をひと刺しにしたんでさあ。おおかた、屍骸《むくろ》に傷を残したくなかったにちげえねえ」

鋭利な火箸の先端で刺しぬかれた傷は小さく、血の量も多くはない。

寛一郎はおきねを火箸で刺したあと、みずからは脇差で喉を掻っ切ったのだ。

「それを貰えぬか」

「えっ、ようござんすよ」

首をかしげる岡っ引きから火箸を受けとり、蔵人介は懐中に仕舞った。

そして、串部を促すと踵を返し、不動尊を背にして歩きはじめる。

向かうさきは、言うまでもない、鳴門屋彦兵衛の見世であった。

十

暮れなずむ野面には、夕菅《ゆうすげ》が灯火のように点々とつづいている。

田畑に挟まれた白金道をたどって、瑞聖寺のそばまでやってきた。

往来を行き交う人影は無きに等しく、鳴門屋はひっそり閑《かん》としている。

串部が大股で歩みより、閉めきられた表戸を敲《たた》いた。

――どんどん、どんどん。

戸が壊れるほどの力で敲いても、応答はない。

「おらぬようでござりますな」

振りむいた串部は、一瞬、息を呑んだ。

蔵人介も振りむく。

月代頭の侍たちが、影のように立っていた。

十人は超えていよう。

いずれも、浅黄裏と呼ばれる藩士たちだ。

人垣が左右に分かれ、絹の着物を纏った町人髷の男が近づいてくる。

鳴門屋彦兵衛であった。

「見世を壊すおつもりか。くふふ、鬼役どの、お待ち申しあげておりましたぞ」

狡猾《こうかつ》そうに笑う御用商人の後ろには、目つきの鋭い侍が控えている。

大久保主水邸の「雪白対決」で目にした顔だ。

名はたしか戸室十太夫、蜂須賀家の次席家老をつとめる蒲生田正重の用人頭にまちがいない。

戸室の率いる蜂須賀家の家臣たちは、尋常ならざる殺気を放っていた。

「おぬしに待たれるおぼえはないがな」

蔵人介が応じると、鳴門屋の布袋面から笑いが消えた。

「矢背蔵人介、わしはな、このときを十年も待ったのだぞ」

「言っておることの意味がわからぬ」

「穴吹玄蕃を忘れたとは言わせぬぞ。十年前、おぬしに斬殺された蜂須賀家の次席家老じゃ」

忘れるはずがない。次席家老の穴吹玄蕃は御膳所頭に命じ、嘉祥の儀に供される菓子に毒を仕込ませた。蔵人介に見抜かれて企てが頓挫するや、罪を御膳所頭ひとりになすりつけた。保身をはかってしぶとく生きのびようとしたが、蔵人介の手で成敗されたのである。

「由緒ある穴吹家は改易《かいえき》とされ、遺された者たちは路頭に迷った」

長男は流刑先で亡くなり、妻と次男もあとを追うように死んだ。

ひとり遺された三男は四国巡礼の旅に出たあと、身分を隠して砂糖問屋の奉公人になった。

「血の滲むような努力のすえ、暖簾《のれん》分けしてもらえるほどの出世を果たしてな。誰あろう、このわしだ。次代の幕政を担う重臣の倅《せがれ》が商人になり、このとおり成功した。されどな、わしのからだには熱い侍の血が流れておる。好きなだけ金儲けができる今となっても、穴吹家を潰された恨みだけはどうしても忘れられぬ」

鳴門屋が穴吹玄蕃の遺児であったことに衝撃をおぼえつつも、蔵人介は冷静に応じてみせた。

「逆恨みにすぎぬ。おぬしの父は、やってはならぬ過ちを犯した。裁かれて当然であろう」

「藩のためをおもってやったことだ」

「それはちがう。おぬしの父は、砂糖問屋から法外な賄賂を受けとっておった。藩のためではなく、私利私欲のために動いたのは明白だ」

「黙れ。おぬしさえおらねば、讃岐産の砂糖が今ほど幅をきかせることもなかったのじゃ。くふふ、矢背蔵人介の素姓を調べるのに、ずいぶんと金を注ぎこんだぞ。まさか、鬼役に裏の顔があったとはな」

いったい、誰に金を払ったのだろうか。

ふと、雪白対決の行事役だった重臣たちの顔が浮かんできた。

三人のうちの誰かだとすれば、おもいあたる人物がひとりいる。

あの者なら、蔵人介が裏の役目を担っていることに薄々勘づいているかもしれない。

「父上が刺客に討たれたことは知っていた。まさか、鬼役のおぬしが四国まで出向いてきたとはな。おぬしは父上とともに、用人の三芳寛右衛門も斬った。三芳を斬ったことで、ずいぶん悩んだようではないか。ふふ、これが何かわかるか」

鳴門屋は懐中から、黄ばんだ冊子を取りだした。

「阿波巡礼の一番札所、竺和山霊山寺の記名帳だ。弘法大師の弟子になりたいと願う者が、記名帳に嘘は書けぬからの。ほれ、このとおり、おぬしは正直に『矢背蔵人介』と明記した。供養した相手の名も記されておる。『三芳寛右衛門』とな」

十年前の記名帳であった。容易に探しだせる代物ではない。

「じつは、父上につづいて兄上や母上を失ったあと、わしも同行二人の旅に出たのさ」

霊山寺の宿坊で何気なく記名帳を捲《めく》っていると、ふと、見慣れない姓が目に止まったのだという。

「因縁というべきか。矢背という姓は、そうある姓ではない。されど、そのときは気にも止めなんだ。三芳寛右衛門のことなぞ、名さえ知らなかったからな。十年経って、おぬしが密命を帯びた刺客だと知ったとき、忽然と巡礼の記憶が蘇ってきた。さっそく、国元に戻って霊山寺へおもむき、古い記名帳を手に入れることができたのだ。おぬしは徳島城下で父上と用人の三芳を斬り、おのれの罪を贖《あがな》うべく巡礼の旅に出た。この記名帳が何よりの証拠じゃ」

胸を張る鳴門屋にたいして、蔵人介は毅然と言いはなった。

「かりに、おぬしの見立てどおりだったとしても、おぬしの父は幕命によって討たれたのだ。討った刺客を恨むのは筋違いであろう」

「筋違いであるものか。父上は藩を救ったのだ。それが証拠《あかし》に、国元で穴吹玄蕃を悪く言う者はおらぬ。罪を一身に背負って斬られた潔さを褒める者ばかりでな。父上が生きておられたら、蜂須賀家の繁栄も保証されておったであろう。この十年、百姓一揆などひとつも起きなかったはずじゃ。されど、父上は斬られた。おぬしにな。わしら穴吹家の望みを断ちきったのは、矢背蔵人介、おぬしにほかならぬ。幕命と申したな。笑わせるな。おぬしさえこの世におらなんだら、幕命は下されなかった。おぬしが干菓子の砂糖に毒が混じっていると難癖をつけねば、穴吹家の悲劇はもたらされなかったのだ。もう、わかったであろう。おぬしは今こそ、十年前の過ちを償わねばならぬ」

父親の罪をみとめたくないがために、強引な筋書きを描かざるを得なかったのだ。

蔵人介は怒りよりも、むしろ、哀れみをおぼえた。

「鳴門屋、おぬしは讃岐の連中をけしかけ、わしの命を狙わせたな」

「ああ、そうだ。そのために『雪白対決』を仕組んだようなものさ」

ずいぶん、手のこんだことをしてくれたものだ。

蔵人介は呆れつつも、尋常ではない恨みの深さをおもった。

「それだけではないぞ。おぬしは、三芳寛右衛門の遺児まで焚《た》きつけた」

「ふん、あの若造め、まさか、大八車にはねられようとはな。それでも、当初は矢背家に潜りこむために、わざとやったことかもしれぬとおもうた。ところが、あやつはまことに記憶を失っていた。めでたいやつよ。そもそも、あんな若造に期待してなどおらぬわ。おぬしにひと太刀でも浴びせてくれれば、それでよかったのだ」

「ひどいはなしではないか。三芳寛一郎の境遇も、おぬしと似通っておろう」

蔵人介の指摘を、鳴門屋は笑いとばす。

「身分がちがう。わしの父上は蜂須賀家の重臣じゃ。次席家老じゃぞ。用人づれといっしょにするな」

「三芳寛右衛門は、おぬしの父を守って逝ったのだぞ」

「それが役目ではないか。三芳がきちんと役目を果たしておれば、父上がおぬしに斬られることもなかったのだ」

「都合のよいはなしではないか。三芳寛右衛門は武士らしく立派に闘った。腐れきった外道《げどう》の盾にするには惜しい御仁であったぞ」

鳴門屋は怒りで顔を真っ赤に染める。

「ぬう、許せぬ」

「許せぬのは、おぬしのほうだ。三芳寛一郎を自刃に追いこんだ罪を償ってもらわねばなるまい」

「ふへへ、役立たずの用人父子に義理立てするのか。まあ、よかろう。どうせ、おぬしはここで死ぬ。嘉祥喰いに供される大久保主水の菓子は、ことごとく、阿波産の雪白を使うことに決した。ふふ、おぬしのおかげさ。正直に砂糖を判別すると踏み、わしが人選を依頼した。茶番につきあわされた気分はどうじゃ。さぞや、口惜しかろう」

「長ったらしい口上は、それで仕舞いか」

すべては逆恨みに端を発しており、金にものを言わせて得手勝手な筋立てを描いたにすぎない。

鳴門屋は後ろに引っこみ、入れ替わりに戸室十太夫が踏みだしてきた。

「おぬしは、わしの仇でもある」

戸室は意外な台詞を吐いた。

「わしは幼い時分、戸室家へ養子に出された。実父に嫌われたのがさいわいし、今もこうして藩から禄を頂戴しておる。鳴門屋のおかげで、実入りも多い。わしはな、おぬしのせいで腹を切らされた御膳所頭の実子なのじゃ」

ごくっと、蔵人介は唾を呑みこんだ。

戸室もまた、十年前の遺恨を抱えているのだ。

後ろに控える串部が、そっと囁きかけてくる。

「殿、いかがいたしましょう」

蔵人介は、じっくりうなずいた。

「戸室と鳴門屋を除いた連中は峰打ちに」

「はっ」

串部は返答するや、先手を打って躍りだす。

「ふおおお」

前歯を剝き、腰の同田貫を抜きはなった。

戸室は一瞬怯んだものの、抜き際の一撃で串部の初太刀を弾いた。

さすが、蜂須賀家随一の手練だけのことはある。

すかさず突きに転じ、串部の鬢《びん》を裂いてみせた。

「従者づれが、わしに勝てるとでもおもうておるのか」

貫心流の奥義は、突きに集約される。

串部は二ノ太刀を避け、背後の家臣たちに斬りかかっていった。

「ふりゃ……っ」

家臣たちは刀を抜いて応じたものの、串部の敵ではない。

つぎつぎに臑を打たれ、地べたにひっくり返っていった。

「戸室十太夫とやら、おぬしの相手はわしだ」

蔵人介は悠揚《ゆうよう》と踏みだし、刀も抜かずに対峙する。

「なるほど、おぬしが使うのは、田宮流の居合であったな。どれ、力量のほどを見定めてくれよう」

戸室は腰をぐっと落とし、青眼から右八相に構えなおす。

頭上には、いびつな月を背負っていた。

必殺の一撃は突きでくる。

蔵人介は、そう読んだ。

「ひゃっ」

またひとり、家臣の悲鳴があがる。

串部の繰りだす膕討ちの餌食《えじき》となり、すでに、五、六人は地べたに這いつくばっていた。

布袋顔の鳴門屋が、残りの連中をけしかけている。

武士の端くれなので、みずからも刀を握っていた。

戸室さえどうにかすれば、残りの家臣たちは沈黙せざるを得まい。

「わしは鳴門屋とちがう」

戸室は太い眉を寄せ、じりっと爪先を躙りよせてきた。

「幕命にしたがったおぬしに恨みはない。ただ、幕臣随一の手練と勝負したいだけだ。おぬしと相対しておると、武芸者本然の血が掻きたてられる。勝利の味は、このうえなく格別なものであろう」

蔵人介は怜悧《れいり》な眸子を向けた。

「ひとつだけ聞いておきたい」

「何だ」

「十年前、穴吹玄蕃は砂糖問屋に尻を掻かれ、雪白対決を企てた。対決にあたって、讃岐産の砂糖に毒を混ぜこむという姑息な手段に出たのだ。おぬしが今仕える次席家老はいったい、どちらなのだ。藩のため、大義のために動いておるのか。それとも、私利私欲で動いておるのか」

「それを聞いてどうする」

「穴吹玄蕃と同類ならば奸臣とみなし、十年前と同じ手だてを講じるしかあるまい」

戸室は、にやりと笑う。

「それもまた、幕命というやつか」

「いいや」

蔵人介は首を横に振った。

「幕命ではない」

「ならば、何じゃ」

「おぬしらは、触れてはならぬものに触れた。それゆえ、永遠に口を噤《つぐ》んでもらわねばならぬ」

「鬼役の正体が表沙汰になるのが、よほど恐いとみえる。ふふ、蒲生田さまを葬る気なら、わしを斬ってからにしろ」

「そうさせてもらう」

勝負は一瞬、すでに、鞘の内で決まっている。

戸室が串部に一刀を浴びせたとき、蔵人介は太刀筋を見切っていた。

「ぬりゃ……っ」

予想どおり、心ノ臓めがけて二段突きがくる。

――ずばっ。

胸を浅く裂かれた。

が、つぎの瞬間、蔵人介の抜きはなった一撃は相手の脾腹《ひばら》を剔《えぐ》っていた。

ふたつの影が擦れちがう。

蔵人介は素早く血振りを済ませ、愛刀を鞘に納めた。

「ぬ」

戸室はひとこと漏らし、地べたに顔を叩きつける。

鶏冠を失った家臣たちの動きが止まった。

「ひぇええ」

断末魔のような悲鳴が聞こえてくる。

鳴門屋彦兵衛が、白刃を立てて突っこんできた。

「ふん」

蔵人介はひらりと躱し、抜きの一刀を薙ぎあげる。

――ひゅん。

来国次の切っ先が、いびつな月を斜めに裂いた。

鳴門屋の首は月を掠めて弧を描き、店先へ転がっていった。

「田宮流飛ばし首、お見事にござる」

串部が朗々と発し、同田貫を鞘に納める。

もはや、この場に用はない。蜂須賀家の家臣たちは戸室に命じられて参じたにすぎず、事情をきちんと把握していないようだった。

一歩も動けぬ家臣たちを尻目に、ふたりは何事もなかったように歩きはじめた。

十一

水無月十六日、千代田城表向《おもてむき》。

城内でもっとも格式が高い大広間は、畳を並べると五百畳もの広さがある。

南に設えられた能舞台から眺めると、向かって左手の西から下段、二之間、三之間と連なり、下段の奥側北に向かって中段、上段とつづく。一方、右端の三之間の奥側北には四之間がある。これらの部屋が控えの後之間を挟んで中庭を囲み、外周はぐるりと入側に囲まれていた。

公方の出御する上段と中段、中段と下段の境目には七寸の段差が設けられ、框《かまち》と呼ぶ黒漆を塗った横材で区切られている。上段框の向こう正面には床《とこ》と違棚《ちがいだな》が設えられ、壁には松と鶴の描かれた黄金の唐紙が貼ってあった。

武者隠《むしゃかくし》の覗き穴から眺めると、眩《まばゆ》いばかりの神々《こうごう》しさに目を吸いよせられる。

さらに、上段右手の壁には違棚と納戸構《なんどがまえ》が見受けられた。納戸構は公方が出御する出入口の役目を果たし、四枚襖の中央二枚が引き分けになっている。この襖陰、上段より二段低い位置にある後之間の一角が武者隠となっており、公方に狼藉《ろうぜき》をはたらく者があれば、即座に腕自慢の者たちが躍りだす手筈になっていた。

蔵人介のすがたも、そのなかにある。橘右近から待機するように命じられた。

釘隠《くぎかくし》の裏面が一部覗き穴になっているのだ。

床と違棚のある上段の左手は、腰障子をはめた付書院《つけしょいん》である。天井は二重折上《おりあげ》の豪華な格天井《ごうてんじょう》で、各々の枠には鳳凰の模様が描かれている。部屋境や入側境、縁先まわりの指物《さしもの》上などは彫刻欄間《らんま》で飾られ、釘隠なども贅《ぜい》を極めた意匠《いしょう》であった。

ただし、二之間と三之間に座る諸大名たちは、下段から奥の煌びやかな壁絵や天井飾りを目にすることができない。公方が出御するときまで、下段と二之間の境は襖で閉めきられているからだ。

部屋同士はすべて襖で閉めきられていたが、蔵人介は配膳を手伝ったので二之間と三之間の造作や壁絵も把握していた。

感嘆すべきは、二之間北面の壁に描かれた老松《おいまつ》である。

枝が天井に届かんばかりに描かれているので、松之間の別称もあった。

その松之間と三之間には、おおよそ二千もの折敷《おしき》が用意され、布衣《ほい》や狩衣《かりぎぬ》を纏った諸大名が公方家慶の着座を待ちかねている。

畳はすべて床にたいして長手方向が揃うように敷かれ、大名の座る位置や折敷を置く位置までが何枚目の畳の何処と決まっていた。

「壮観であったな」

毎年のこととはいえ、蔵人介は驚きを禁じ得ない。

百姓たちが飢饉で苦しんでいるときも、諸大名に贅沢な菓子や餅をふるまう華やかな儀式はつづけられてきたのだ。

嘉祥の儀の起源は、室町の御代に宮中で催された納涼の弓競べにある。公卿《くぎよう》らが十六枚の嘉祥銅銭を賭けて楽しんだことに因《ちな》み、公方は諸大名に十六種類の菓子や餅をふるまって疫気祓いをする。

家康が戦勝祈願の際に嘉祥通宝を拾って以来、徳川家の運は拓《ひら》けたとも伝えられ、嘉祥銭は勝ちに通じる銭として尊《たつと》ばれてきた。幸運な銭を菓子と結びつける契機になったのは、大久保主水の家祖藤五郎が同じ戦勝祈願の場で家康に菓子を献上したことだ。

人の運不運というものはわからぬものだと、蔵人介はおもう。

大久保家のように、ちょっとした機転や心遣いが子孫を何百年も繁栄させることがある。

公方家慶はもうすぐ、中奥のほうからあらわれよう。

表の御用である毒味は、疾《と》うに終わっている。

阿古屋、饅頭、金飩、羊羹、鶉焼、熨斗、寄水、平麩と、公方の折敷に並んだ菓子はひととおり口に入れた。杉の葉を敷いた折敷には菓子だけでなく、酒や素麺《そうめん》なども供される。それらもすべて口にし、毒がふくまれていないことを確かめた。

菓子に使われた白砂糖は、すべて阿波産である。

砂糖に罪はないが、おそらく、来年から公式の場で採用されることはあるまい。

砂糖を提供した御用達はこの世におらず、御用達が裏で描いた姑息な筋書きもあきらかになった。

鳴門屋彦兵衛は幕府の重臣たちに賄賂を贈り、不公平な「雪白対決」を演出した。御用達の企てに気づかなかったにしろ、あるいは黙認したにしろ、徳島藩蜂須賀家の罪も見逃すわけにはいかない。よって、徳川家の関わりで使用する砂糖に来年から阿波産が採用されぬことは容易に想像できた。

蔵人介には、橘から密命が下っている。

「秘密を外に漏らす者の口を封じよ」

どれだけ身分の高い重臣であろうとも、幕命を帯びた刺客の正体を外に漏らす者は生かしておけない。大金と引換に密命を漏らしたとなれば、背信の罪を問わねばならなかった。

「文字どおり、疫気祓いをせねばなるまい」

橘の意図は明白である。

すべては隠密裡に事をすすめ、表沙汰にしてはならない。

突如、小姓の疳高《かんだか》い声が大広間に響きわたった。

「上様の御成《おなり》にございまする」

近習たちの控える後之間が騒がしくなる。

公方家慶が衣冠束帯《いかんそくたい》の扮装《いでたち》であらわれるや、小姓ふたりが納戸構の襖を音もなく左右に開いた。

蔵人介は近習たちともども、床にぺったり平伏している。

「よし、まいるか」

家慶はめずらしく自分に気合いを入れ、上段へ踏みだしていく。

刀持ちの小姓がつづいた。

家慶は中央ですっと向きを変え、松と鶴を背にして中段へ、さらに七寸の段差に気をつけながら下段へ、衣擦れの音も厳《おごそ》かに進んでいった。

そして、下段の中央に着座し、近習に長い顎をしゃくる。

刹那、閉めきられたすべての襖が一斉に開かれた。

目も眩むほどの金色の光が部屋に溢れるなか、諸大名は一糸も乱れぬ所作《しょさ》で平伏してみせる。

威光の中心には、公方家慶のすがたがあった。

彫像のごとく動かず、諸大名を睥睨《へいげい》する。

「面《おもて》をあげい」

凜然と響く一声を合図に、嘉祥の儀がはじまった。

差配役である御側御用取次の郡上院伊予守が長々と口上を述べ、家慶が居眠りしかけたところで茶が配される。給仕をおこなうのはお城坊主たちで、坊主たちを指図するのは御小納戸頭取である園部土佐守の役目だ。

大名衆が厳粛な面持ちで甘い菓子を食べる光景は、滑稽ですらあった。

隣同士で会話を交わす殿様もおらず、催しは淡々と進んでいく。

蔵人介のすがたは、「武者隠から消えていた。

誰にも気づかれぬように裏廊下を通り、中奥のほうへ戻っている。

南寄りの土圭《とけい》之間から笹之間に向かって、長い廊下が一本通っていた。

笹之間に達する手前で右手に曲がれば、御小納戸衆の控え部屋にたどりつく。

廊下の曲がり際に杉戸がはまっており、表には可愛らしい白兎が描いてあった。

数刻ののち、嘉祥の儀は無事に終わった。

息を殺して待っていると、的に掛ける重臣があらわれた。

園部土佐守富茂である。

蔵人介は杉戸の陰にかしこまり、両手をついて平伏した。

「ご差配、おみごとにござりました」

「ふん」

土佐守は小莫迦にしたように鼻を鳴らす。

「鬼役に慰労されるおぼえはない。何か用か」

「徳島藩蜂須賀家の次席家老、蒲生田正重さまが切腹いたしましてござります」

一瞬息を呑みつつも、土佐守は動じない素振りをみせる。

「それがどうした」

すかさず、蔵人介は応じた。

「遺書を認《したた》めておりました。大久保主水さまご役宅にて催された先般の雪白対決、不正があったことを詫びたいとのことにござります。同藩御用達の鳴門屋が賄賂を贈ったさきに、土佐守さまのお名も記されてござりました」

「ふん、御小納戸頭取が出入りの商人から賄賂も取らずしてどうする。すべては、お役目を全《まっと》うするためじゃ」

「されば、鬼役に課された密命を鳴門屋に漏らした罪は、どう説かれまするか」

「ん」

土佐守は返答に詰まり、蒼白な顔で眦《まなじり》を吊りあげた。

蔵人介は廊下の気配を素早く探り、誰もいないことを確かめる。

「蒲生田さまの遺書に明記されておりましたぞ。それがしの素姓を土佐守さまに囁かれたと」

「……い、偽りじゃ。わしの失脚を狙う誰かの策謀じゃ」

「誰の策謀でもござらぬ。金子を堆《うずたか》く積めば、口が軽うなる。それが人というものでござる。されど、土佐守さまほどのお方なれば、今少しお立場をわきまえていただかねばなりますまい」

蔵人介は、すっと立ちあがる。

「……ま、待て。わしをどうする」

「もはや、申すこともござりませぬ」

「……お、おぬし、殿中で刃物を使う気か」

「刺客は殿中の法度に縛られませぬ。お覚悟のほどを」

「待て、叫ぶぞ」

「ご随意に」

言うが早いか、鉄の火箸が心ノ臓を貫いた。

おきねの命を絶った火箸を研ぎ、先端を鋭利に尖らせたものだ。

針のように細長く研いだので、引きぬいても血は出てこない。

園部土佐守は杉戸の白兎をみつめ、口を半開きにしていた。

すでに、ことされている。

中奥じゅうが大騒ぎになったのは、それからしばらく経ってのことだ。

奥医師の看立《みたて》で心ノ臓の発作と告げられ、早桶《はやおけ》に納められた土佐守の屍骸は平川《ひらかわ》御門から外へ運びだされていった。

夏空に入道雲が聳《そび》えている。

濠端の土手には、萱草の花が咲いていた。

比翼塚で命を絶ったふたりは、三途《さんず》の川を無事に渡りきったであろうか。

蔵人介は懐中から火箸を取りだし、濠に向かって抛った。

串部は大汗を掻きながら、木陰を求めて歩いている。

「殿、いかがでござりましょう」

道草でもしていかないかと、媚《こ》びたような顔で誘ってきた。

どうせ、おふくの顔をみたいのだろう。

「刺鯖は食わぬぞ」

「ならば、泥鰌鍋でも」

「この暑いのに、泥鰌鍋か」

わるくないかもしれない。

「笹掻きの牛蒡のそばでみなごろし」

串部は身を寄せ、おふくの漏らした川柳を口ずさむ。

蔵人介がわざと面倒臭そうに踵を返すや、汗臭い従者は嬉々としてしたがった。

鎌鼬《かまいたち》の女

一

文月《ふづき》六日、夕刻。

人は些細《ささい》な過ちから底のみえぬ陥穽《かんせい》に落ちることがある。

――何事につけ、ゆめゆめ油断いたすでないぞ。

先代に告げられた教訓がまさか現実《うつつ》のものになろうとは、このときの蔵人介には想像もできなかった。

役目仕舞いの帰路、曇り空を気にしながら番町の隘路《あいろ》を歩いていると、顔見知りの辻番に手招きをされた。

「おや、何でござろうな」

串部が物欲しげな素振りをみせる。

わずかに開いた戸の向こうでは、銚釐《ちろり》で温めた芋酒が湯気を立てていた。

網焼きの香ばしい匂いも漂ってくる。

「鯣《するめ》でござる」

唾を溜めた串部を残し、蔵人介は歩きはじめた。

何となくひとりになりたかったし、串部もそれとなく気づいていたのだろう。

宿直《とのい》明けの足取りが重い理由は些細なことだ。

昨日の朝、幸恵と口論になり、謝りもせずに家を出た。

幸恵はこのところ、大坂へ旅立った鐵太郎に仕送りすべく、目の下に隈《くま》までつくって夜なべの縫い仕事をつづけている。遠くで暮らす我が子への恋慕はわかるものの、鬼気迫る様子があまりに痛々しいので、うっかり、きつい口調で「無理はせぬほうがよい」と告げたら、即座に「鐵太郎が可愛くないのですか」と切りかえされた。

可愛いからといって、身を犠牲にして賃仕事に精を出し、朝っぱらから疲れた顔をしていてほしくない。息子のことになると、まわりがみえなくなる。それは母親の性《さが》なのだろうと納得しつつも、売り言葉に買い言葉で「子を一人前にしたくば子離れせよ」と叱りつけたら、口を噤《つぐ》まれてしまったのだ。

「おなごというものは面倒臭うござりますな」

串部はからかうように言い、独り身の気楽さを強調した。

牽牛《けんぎゅう》と織姫《おりひめ》が年に一度の逢瀬《おうせ》を楽しむ七夕《たなばた》の宵になると、独り身の男女はそわそわしはじめる。別に羨ましいともおもわないが、家々の高みに掲げられた無数の笹竹が風に揺れてざわめく音は、平常とはちがう何かが起こりそうな予感を抱かせた。

市ヶ谷御門を抜けると、空は真っ暗になった。

「夕立になりそうだな」

発したそばから、大粒の雨が降ってくる。

雨はすぐさま勢いを増し、車軸を流すほどになった。

五間先もみえない。

泥はねを飛ばして駆け、気づいてみれば浄瑠璃坂の坂下を通りすぎ、愛敬《あいきょう》稲荷のそばまでたどりついていた。

鳥居の下で、町人の若い男女が抱きあっている。

濡れ髪が乱れるのもかまわず、女は爪先立ちで男に口吻《くちづけ》をせがんでいた。

蔵人介は苦笑しながら踵を返す。

社殿で雨宿りするのをあきらめて周囲を眺めまわすと、露地裏の袋小路に軒の張りだした居酒屋をみつけた。

急いで駆けより、酒林《さかばやし》の下に滑りこむ。

軒下の鉢植えは、秋口に黄色い五弁の花を咲かせる弟切草《おとぎりそう》だ。

鉢植えにする花ではないので、かえって初々しい。

しばらく雨宿りをしていると、寒さのせいで四肢が震えてきた。

早く家に帰って濡れた着物を脱ぎ、据え風呂にでも浸かりたい。

そんなことを考えていると、板戸越しに三味線の音色が聞こえてきた。

三下《さんさが》りの艶めいた音色に合わせ、妖しげな唄声も耳に忍びこんでくる。

「打つや太鼓の音も澄みわたり、角兵衛角兵衛と招かれて、居ながら見する石橋の、浮世を渡る風雅もの、唄うも舞うも囃《はや》すのも、ひとり旅寝の草枕……」

花街《かがい》などでもよく耳にする長唄だ。

雨音に消されかけながらも、物悲しげな唄声はつづく。

「……おらが女房を褒めるじゃないが、飯もたいたり水仕事、朝夜たびの楽しみを、ひとり笑みして来たりける」

ふっと三味線が止み、背中の板戸が開いた。

垢抜けた感じの三十路年増が、白い顔を覗かせる。

「よろしかったらどうぞ」

親しげな口調で誘われ、戸惑いながらも敷居をまたいだ。

見世の内に人気はなく、女は儚《はかな》げに微笑むと、どうしたわけか、心張棒で戸をかってしまう。

蔵人介はいぶかしんだが、敢えて理由を糺《ただ》そうともしない。

女は着替えの浴衣を貸してくれ、酒肴の仕度をしはじめた。

拒みもせずに、放っておく。

平常なら、見知らぬ相手にこれほどの隙はみせなかったであろう。

今日の蔵人介は少し疲れていたし、女のほうも無視できない色香を放っていた。

「おからだが冷えておしまいになられたでしょう」

女は手際よく燗酒をつけてくれた。

上等な酒ではない。肴《さかな》も甘味噌を焼いただけのものだが、焦げ味噌の香ばしさが女の色気と見事に調和しており、雨が熄《や》むまで居座りつづけようという気分にさせられた。

「なあご」

土間のそばに、肥えた三毛猫が丸まっている。

「あの子、べんてんって言うんです。尾が短いでしょう。弁天さまをお祀りする江《え》ノ島《しま》で拾ったんですよ」

「それで、べんてんなのか」

蔵人介は目を細め、さもおかしそうに微笑む。

「どうかなされましたか」

「いやなに、だらしなく肥えたところが、うちの三毛猫と似ているものでな」

「あら、旦那も猫を」

「息子が拾ってきたのさ。背中の毛が一部抜けておったゆえ、ぬけと名付けた」

「うふふ、おもしろい」

「ところで、女将の名は」

「おりょうと申します」

「おりょうどのか」

「どうぞご贔屓《ひいき》に」

酌をする指が細長く、透きとおるほど白い。

その指で三味線を爪弾くすがたを頭に浮かべ、蔵人介は盃を美味そうに干した。

「できれば、さきほどのつづきを唄ってもらえまいか」

「さきほどの……越後獅子《えちごじし》でござんすか」

おりょうは三味線を手に取り、さりげなく爪弾きはじめる。

「……越路潟《こしじかた》、お国名物はさまざまあれど、田舎なまりの片言まじり、獅子唄《しらうさ》になる言《こと》の葉《は》を、雁のたよりに届けてほしや、小千谷《おぢや》ちぢみのどこやらが、見え透く国のならいにや、縁を結べば兄やさん、兄じゃないもの夫《つま》じゃもの……」

唄声を聞いているうちに、ほどよく酔いがまわってきた。

おりょうは三味線を置き、流し目を送ってくる。

「旦那のお名をお聞かせくださいな」

「矢背蔵人介、お城の毒味役だ」

「まあ、公方さまの」

「ふむ」

「それなら、お味にもうるそうござんしょう。ちょいと恥ずかしいけど」

と言いつつ、おりょうは小鍋仕立ての湯豆腐をこしらえてくれた。

「両国の東詰めにある『日野屋《ひのや》』さんのお豆腐ですよ」

名の知られた茶屋だ。川垢離《かわごり》の連中が冷えたからだで立ちより、湯豆腐を食べてからだを温める。

蔵人介は蓮華《れんげ》を使い、柚子醬油のたれに浸けた熱々の豆腐を口に入れた。

「ん、美味いな」

「うふふ、お毒味役のお殿さまに褒めていただくなんて、何やら雲の上にいる心地でござんすよ」

「大袈裟だな」

おりょうは辰巳《たつみ》芸者あがりで、町娘たちに踊りや三味線を指南していたのだが、束脩《そくしゅう》だけでは食べていけず、伝手《つて》を頼ってこの見世の主人に引きあわせてもらい、女将を任されるようになったらしい。

「雇われ女将なんですよ」

床几《しょうぎ》には笹が寝かせてあった。細い枝には、紙でつくったくくり猿や瓢《ひさご》が結ばれている。

「ふた星の手向けに梶《かじ》の葉を用い、願いの糸とて五色の糸を用う。墨をすろうとおもいましてね、芋の葉から露を搾ってみたんですよ」

「梶の葉に綴る歌は浮かんでおるのか」

「浮かんでおりますけど、お教えできません。他人さまにお教えしたら、願いがかなわなくなるって言いますからね」

蔵人介は江市屋格子《えいちやごうし》の隙間から、さりげなく外の様子を窺った。

「夕立のくせに、なかなか熄《や》まぬな」

「遣らずの雨でござんすよ」

「えっ」

「お殿さまは水も滴る好い男。天の川を渡ってこられた牽牛の化身かも」

「おいおい、からかうのはよせ」

「うふふ、さいでござんすね。雨が熄んでくれなきゃ困ります。七夕の明日もこの調子なら、井戸替えも満足にできやしない」

おりょうの言うとおりだ。七夕は城の行事もたてこんでいる。諸大名は祝賀の挨拶で登城する際に白帷子《しろかたびら》を着けねばならぬため、雨に降られては難儀するにちがいない。

「瘧《おこり》を避ける冷素麺でもおつくりいたしましょうか」

「いいや、けっこうだ。湯豆腐で温まることもできたゆえ、そろりと退散しよう」

蔵人介が自分の着物に着替えて腰を持ちあげると、おりょうは表口まで見送ってくれた。

「これをお持ちくださいな」

そう言って、蛇の目を渡そうとする。

手と手が触れた。

拒みもせずに蛇の目を受けとり、軒下へ膝を繰りだす。

傘を借りるのは、返しにくるという意思表示でもあった。

なれど、よこしまな気持ちは欠片《かけら》もないぞと、わざわざ胸に言い聞かせる。

つかのまでも心を潤してくれた夕立に、蔵人介は感謝したくなった。

二

それから三日も経つと、おりょうの面影は消えてしまった。

府内では、商家の若い娘が神隠しに遭う噂が広がっている。

教えてくれたのは、金四郎こと遠山左衛門尉景元《さえもんのじょうかげもと》であった。

昨晩、愛敬稲荷の裏手にある『丑市《うしいち》』に呼ばれ、鋤《すき》のうえで軍鶏肉《しゃも》を焼きながら

聞いたはなしだ。

「辻強盗に押しこみに火付け、近頃は暗《くれ》えはなしばっかしだ。仕舞いにゃ、縛られ地蔵の首を盗む輩《やから》まで出てきやがった」

「えっ、縛られ地蔵の」

本所中ノ郷《ほんじよなかごう》の業平橋《なりひらばし》にある南蔵院《なんぞういん》は、地蔵尊を雁字搦《がんじがら》めに縄で縛り、泥棒避《よ》けのご利益を授けることで知られている。何者かがありがたい地蔵の首を切り、罰当たりにも何処かへ運び去ってしまったのだ。

「笑い話じゃすまされねえ。縄目の狭間に書置が挟んであってな、朱文字で『義賊鎌鼬《かまいたち》参上』と殴り書きしてあった。鎌鼬の名は、おめえさんも耳にしたことがあるはずだ。関八州《かんはっしゅう》を股に掛けた群盗《ぐんとう》さ。何が義賊なものか。押し入った商家では、女子どもまで容赦なく手に掛ける。残虐非道を絵に描いたような連中だぜ。頭目は野武士だとか海賊だとか、いろんなはなしが飛びかっているがな、捕り方にけっして尻尾を摑ませねえ。困ったもんさ」

金四郎は道中奉行も兼ねる勘定奉行として、関八州の街道筋にも目を配らねばならない。近頃は「鎌鼬」のような群盗が雨後の竹の子のように増えつづけ、手を焼いているという。

「狂気に走るのはたいてい、暮らしに困った食い詰め者さ。手っとり早く稼ごうと、獄門覚悟で手荒い手に出る。ことに気をつけなくちゃならねえのは、無宿の連中だな。宿のねえやつらが自暴自棄になったら、何をしでかすかわかったもんじゃねえ」

無宿人《むしゅくにん》を捕縛して石川島《いしかわじま》の人足寄場《にんそくよせば》へ送りこむにしても、収容できる数はせいぜいで五百人が限界だった。

「しかも、人足寄場そのものが何やら妙なことになっちまってな。そのあたりのはなしは、おめえさんにも喋るわけにゃいかねえが、ともかく、公儀は八方塞がりの一歩手前だぜ。おれはな、何処かに突破口はねえかと探しているんだ。どっちにしろ、早急にやるべきことは鎌鼬の一味を潰すことだな。そいつが悪事に走る連中への見せしめにもなる。ま、お城で毒味御用をつとめる鬼役にゃ関わりのねえはなしだ。おめえさんにゃ、愚痴を聞いてもらえりゃそれでいい」

愚痴を聞かされた晩は深酒になり、いつも金四郎を役宅のそばまで送っていくはめになる。が、いっこうに迷惑ではない。裏の御用をつとめるうえで、聞いておくべき内容だからだ。

一方、金四郎のほうも強がりを言いつつも、いざとなれば頼りになる心強い助っ人を求めている。蔵人介は手助けしたいとおもう反面、勘定奉行の手先になって動く煩雑さは避けたかった。

翌十日は観音欲日《かんのんよくび》、文月十日は四万六千日《しまんろくせんにち》とも称し、たった一日詣でるだけで多くのご利益が得られるとされる。

矢背家では毎年、一家揃って本所の回向院《えこういん》へ出掛けた。

この日だけ開帳される一言観音《ひとことかんのん》を拝みに、大勢の人々が参道に列をなしている。

志乃の言うとおり、一言で尽くせぬ願い事がある者ばかりが集うのだ。

蔵人介は「家内安全」を願ったが、幸恵は鐵太郎の無事を祈ったようだった。

みなで参拝を済ませ、雷除けの赤唐黍《あかとうきび》や虫除けの青酸漿《あおほおずき》などを土産に買った。

――つっぴぃ、つっぴぃ。

何処からか、鳥の囀《さえず》りが聞こえてくる。

「四十雀《しじゅうから》にござります」

卯三郎がめざとくみつけ、香具師《やし》のほうを指差す。

四十雀を使ったおみくじだ。

「引いてみるか」

蔵人介に誘われ、みなでぞろぞろ屋台へ向かう。

先客がいた。

香具師に三十文を払うと、飼い慣らされた四十雀がお宮へとつづく橋を伝って歩きはじめる。そして、小さな祠の観音扉を嘴《くちばし》で上手に開け、祠のなかからおみくじを咥《くわ》えて戻ってきた。

おもしろい趣向なので、幼子たちが集まっている。

先客が引いたおみくじは「小吉」だったらしい。

本人は喜び、見物人たちは手を叩いて祝福する。

蔵人介の順番になった。

「殿、ご武運をお祈りいたしまする」

串部が戯《おど》けたように言い、志乃や幸恵や卯三郎が可愛らしい四十雀の動きに目を貼りつけた。

四十雀は無事に橋を渡りきり、小さな祠からおみくじを咥えてくる。

香具師が餌を与え、餌と交換に嘴から落ちたおみくじが蔵人介の手に渡された。

一陣の風が吹きぬけ、芙蓉《ふよう》の花模様が描かれた幸恵の裾を攫《さら》っていく。

「うええん」

すぐ後ろで、幼子が泣きだした。

振りむけば、色気のある年増が屈み、幼子をなだめている。

どうやら、目のなかに砂がはいったらしい。

幼子が泣きやまぬので、年増は顔を近づけ、赤い舌を出した。

舌先で目玉を舐めて砂を取ると、幼子はようやく泣きやむ。

蔵人介ばかりか、串部や卯三郎も年増の仕種《しぐさ》に目を奪われた。

やがて、あらぬ方角から、幼子の母親らしき女が駆けてくる。

「すみません、とんだご迷惑をお掛けしました」

「いいえ、たいしたことじゃありませんよ」

舌先で目玉を舐めた年増は、幼子と関わりのない他人だったらしい。

母親は腰を深く折り、何度も礼を繰りかえす。

柳腰《やなぎごし》で歩きだした年増が、ふいに振りむいた。

蔵人介に向かって、軽くお辞儀をしてみせる。

「あっ、蛇の目を」

貸してくれたおりょうであった。

かたわらに殺気が迫る。

「どうなされたのです」

幸恵だった。

「早う、おみくじを開いてくださりませ」

眼光鋭く睨みつけ、口を尖らせる。

蔵人介は我に返り、おみくじを開いた。

目に飛びこんできたのは「凶」の字だ。

顔をあげると、おりょうのすがたはない。

風のように消えてしまっていた。

「さきほどの方、お知りあいでござりますか」

幸恵が棘《とげ》のある声で聞いてくる。

「何を申す。知りあいであるものか」

自分でもおかしいほど、声が上擦ってしまった。

そういえば、借りた蛇の目をまだ返していない。

「くじ運が弱いのは、矢背家の伝統じゃな」

志乃が皮肉まじりにこぼす。

——何事につけ、ゆめゆめ油断いたすでないぞ。

蔵人介の脳裏には、何故か、先代の教訓が浮かんでいた。

三

翌夕、蔵人介は蛇の目を抱えて浄瑠璃坂を下った。

愛敬稲荷の裏手には、真菰《まこも》売りの売り声が響いている。

「まこも、まこも、ませがきや」

明後日の十三日からは盂蘭盆会《うらぼんえ》、家々の軒には白張提灯《しらはりぢょうちん》がぶらさがり、祖霊を迎える門火が焚かれる。

明日は愛敬稲荷の境内にも草市《くさいち》が立ち、大勢の人が盆花や盆用品を求めに押しかけることだろう。信心深い江戸庶民はかならず家に霊棚《たまだな》を飾り、高灯籠を設える。中元を挟んで盆の最中は香華《こうげ》を絶やすことがない。

涼風のもと、蔵人介は幸恵の目を盗むように家を出て、蛇の目を返しにやってきた。

下男の吾助に託せばよいことであったが、おりょうの顔をもう一度拝んでおきたくなったのだ。

袋小路の薄暗がりに踏みこみ、足を忍ばせる。

まるで、夜這いのようだなと苦笑しつつも、よこしまな気持ちはないぞと、胸に繰りかえした。

居酒屋の軒には酒林がぶらさがり、軒下には弟切草の鉢植えが置いてある。

戸口へ近づき、手を伸ばそうとして引っこめた。

人の気配を察し、脇の暗がりへ身を隠す。

と同時に、表戸が開いた。

人相風体の怪しい連中が出てくる。

「ひい、ふう、みい……」

ぜんぶで七人もいた。

二の腕の太さから推して、荷役夫の沖仲仕《おきなかし》であろうか。

みな、首筋や腕に刺青《ほりもの》を彫っている。

しかし、沖仲仕なら、川辺に近い居酒屋に屯《たむろ》するはずだ。

いずれにしても、妙であった。

七人目の男が戸を閉めたあとも、おりょうは見送りに出てこない。

蔵人介は少し迷ったあげく、鉢植えのかたわらに蛇の目をたてかけた。

未練を残してその場を離れ、遠ざかる男たちの背中を追いかける。

七人のただならぬ様子から、禍事《まがごと》の兆しを感じとったからだ。

西の空は茜《あかね》と化し、御濠も朱色に染まっている。

男たちは市ヶ谷御門から番町へ抜け、まっすぐに進む者と右手に曲がる者とに分かれた。

蔵人介は、ひとり人数の多い右手の連中を尾《つ》ける。

四人は縦一列になり、三年坂を駆け足で上った。

亀沢《かめざわ》横丁を過ぎれば、麴町《こうじまち》七丁目の大路に出る。

夕陽は落ち、あたりは薄闇に包まれていった。

「逢魔刻《おうまがとき》か」

大路を行き交う人はあっても、擦れちがう相手の顔は判別しにくい。

人々の意識は夢とうつつの裂け目に落ち、禍事が起きやすい頃合いだった。

男たちのすがたも闇に紛れ、うっかりすると見失いかねない。

蔵人介は裾を捲《まく》り、間合いを詰めた。

すでに、首領格の男が誰かは察しをつけている。

肩から二の腕にかけて、大蛸《おおだこ》の刺青を入れた男だ。

ほかの者より頭ひとつ大きく、胴まわりも太い。

四人は大路の手前で物陰に潜み、じっと何かを待っている。
さきほど分かれた三人と合流する気だろうか。
突如、大路の左手から通行人たちの悲鳴が聞こえてきた。
それ行けとばかりに、物陰に隠れていた四人が躍りだす。
蔵人介も少し遅れてつづいた。
大路の向こうには、土煙が巻きあがっている。
頬被りをした三人の男たちが、大八車を走らせていた。
勢いが止まらず、通行人にぶつかりそうになる。
「うわっ」
道端に転んで避ける者もあった。
大八車の後ろからは、店者《たなもの》らしき男たちが追いかけてくる。
「お嬢さま、お嬢さま」
どれだけ声を嗄《か》らしても、追いつけそうにない。
荷台には何と、簀巻《すま》きにされた娘が乗せられていた。
遠目でもわかる。
島田髷《しまだまげ》に挿したびらびら簪《かんざし》が揺れていた。

商家の箱入り娘にちがいない。
荒っぽいやり口で拐《かどわ》かされたのだ。
大八車は三人の手から、待ちかまえる四人に受けわたされた。
残った三人は腰から段平《だんびら》を抜き、追っ手に向かっていく。
「ひぇえぇ」
追ってきた者たちが、背中を向けて一目散に逃げだした。
蔵人介は大八車を操る四人を追い、大路を駆けぬけていく。
四人は九丁目の手前で左手に曲がり、清水谷《しみずだに》の底へ下りていった。
底の四つ辻から右手に向かえば、紀尾井坂《きおいざか》の上りになる。
男たちは四つ辻で大八車を捨てた。
大蛸の刺青を背負った男が娘を小脇に抱え、急坂を上りはじめる。
左右には、大名屋敷の海鼠塀《なまこべい》が屏風岩のようにそそりたっていた。
行きつくさきは、首縊《くびくく》りの名所として知られる喰違《くいちがい》御門だ。
蔵人介は四つ辻を曲がり、裾を端折って坂道を駆けのぼった。
後方の三人が気づき、段平を抜きはなつ。
蔵人介は足を止めない。

「こんにゃろ」

真上から斬りつけてきたひとりを、抜き際の一刀で黙らせた。

「くそっ、死にさらせ」

ふたり目と三人目も、一瞬で退ける。

三人とも、首筋を狙った峰打ちだった。

首領格の大男が足を止め、太い首を捻る。

土手を高く盛った喰違御門の手前だ。

篝火《かがりび》を背に抱えたすがたは、仁王をおもわせた。

蔵人介は納刀して駆けより、息の乱れを整える。

「てめえ、何者だ」

大男が娘を抱えたままで問うてきた。

蔵人介は応じず、さらに間合いを詰める。

「娘を放せ」

「嫌だと言ったら」

「地獄をみるであろうな」

「へへ、藪入りめえに閻魔の顔を拝むわけか。おもしれえ。閻魔の顔に唾でも引っかけてやるか」

「娘を拐かしてどうする」

「きまってんだろう。身代金をたんまり頂戴すんのさ。でもな、金を頂戴しても娘は返《け》えさねえぜ」

「どうする気だ」

「ぬひぇひぇ、売っとばすにきまってんだろう」

「そうはさせぬ」

蔵人介がさらに近づくと、大男は娘を抱えたまま、片手で蜻蛉《とんぼ》を切った。

「ほう」

驚いた。

身の丈六尺に近い男が、角兵衛獅子を舞う子どものような軽い身のこなしで、二度三度と蜻蛉を切ってみせたのだ。

娘は気を失っており、ぴくりとも反応しない。

「相手になってやるぜ」

男が腰に差しているのは、段平ではなかった。

ずらりと抜いた刀は、幅広の見慣れないかたちをしている。

「いいや、ちがう。こいつは唐渡りの青竜刀《せいりゅうとう》だ。ぬへへ、でけえ鉈《なた》みてえなもんさ」

「斬馬刀《ざんばとう》か」

力任せに頭蓋を叩き割るための得物《えもの》らしい。

男は娘を脇へ抛《ほう》り、だっと地を蹴った。

獣のように跳躍し、双手で青竜刀を振りかぶる。

「そりゃ……っ」

真っ向から面を狙い、猛然と振りおろしてきた。

蔵人介は三寸の間合いで見切り、すっと横に躱す。

刃風が鬢を震わせた。

――どしゃっ。

青竜刀の先端が固い土に刺さる。

飛びちる土塊《つちくれ》を袖で防ぎ、蔵人介は抜刀した。

――ひゅん。

薄闇に白刃が閃いた。

と同時に、獣の咆吼《ほうこう》が響く。

「ぐおおお」

青竜刀を握った右腕が、肘の上からぼそっと落ちた。

男は血を噴く右肩を左手で抱え、仰《の》けぞるように後退っていく。

「……て、てめえ、おぼえてやがれ」

捨て台詞を残し、よろめくように藪陰へ消えた。

蔵人介は血を振って納刀し、娘のもとへ身を寄せる。

縛めを解き、筵《むしろ》から出してやると、辛そうに身を捩《よじ》った。

年の頃なら十五、六、顔立ちのきれいな金持ちの娘だ。

ぱっと目を開け、蔵人介のことをみつめる。

大きな瞳に恐怖の色を浮かべるや、凄まじい悲鳴をあげた。

「きゃあああ」

咄嗟に口をふさぎ、なだめるように諭す。

「騒ぐでない。おぬしは助かった。何も案ずることはないのだ」

坂下から、捕り方装束の連中がやってくる。

「おったぞ、あそこだ」

蔵人介は、刺股《さすまた》や突棒《つくぼう》を持った物々しい連中に取りかこまれた。

小銀杏髷《こいちょう》の同心が慎重に近づき、十手を掲げて唾を飛ばす。

「おい、娘を放せ」

蔵人介は屈んだまま、ゆっくり振りむいた。

「待たぬか。わしは幕臣だぞ。娘を賊から救ったのだ」

「何だと」

「嘘だとおもうなら、おぬしの足許をみろ」

言われたとおりにした同心は、ひゃっと叫びながら飛びあがる。

足許に落ちていたのは、青竜刀を握った右腕だった。

「酒呑童子《しゅてんどうじ》の腕ではないぞ」

「はっ、ご無礼をお許しください」

同心は態度をころりと変え、小者に御用提灯で先導させる。

蔵人介は問うた。

「坂道で賊どもを見掛けなかったか」

「はい、見掛けませんでした」

「そうか、逃げられたか」

残された賊の手懸かりは、斬りすてた右腕だけらしい。

娘は小者たちに両脇を支えられ、坂道を下りていった。

「五体満足で助かるとは、運の強い娘でござります」

遠い目で漏らす同心の顎は長く、しゃくれている。

三日月のような顔だなと、蔵人介はおもった。

四

翌日、麴町五丁目にある『桝屋《ます》』の主人がお礼の品を携えて訪ねてきた。

喰違坂で救った娘は、山の手でも名の知られた呉服商の箱入り娘だった。同じ町内にある団子屋の店先で拐かされたのだ。

「このたびは、何とお礼を申しあげたらよいものか」

主人は名を清次《せいじ》といい、年の頃なら四十前後、一代で身代《しんだい》を築いた商人らしく抜け目のなさそうな顔をしている。狸と狐でいえば狐のほうに近いが、どちらにせよ、蔵人介とは相容れない面相の人物だ。

どうやら、顎のしゃくれた町方同心から蔵人介の素姓を聞きだしたらしかった。

娘は今朝になって落ちつきを取りもどしたものの、部屋から一歩も出られずにいるという。清次は涙ながらに礼を繰りかえし、盆明けになったらあらためて一席設けたいと言いのこして帰った。

矢背家の盂蘭盆会は一風変わっており、逢魔刻に蟇目神事《ひきめしんじ》をおこなう。射手が祝詞《のりと》を唱えたのち、的に向かって鏑矢《かぶらや》を放ち、弦音《つるおと》と矢の風切音によって妖魔怪物を除くのだ。

矢の鏑は蟇《ひきがえる》の目に似ており、風切音は蟇の鳴き声に似ている。それゆえ、蟇目神事と名付けられた。矢背家で鏑矢を射るのは女たちである。志乃と幸恵が白装束を纏って弓を引き、男たちは正装で鎮座して厳かに神事を見守らねばならない。

神事のあとは、節分同様に豆を撒く。

豆は魔を滅する「魔滅《まめ》」に通じるので、節分以外でも折に触れて撒くのだが、矢背家では「鬼は外、福は内」ではなしに「鬼よ内、福も内」と発する。矢背家の系譜は鬼を奉じるため、祖霊とともに鬼を迎える慣わしがあるのだ。

盆の送り火を焚く十六日は、奉公人たちに暇が与えられる藪入りでもある。閻魔の斎日《さいにち》なので、矢背家の面々は蔵前の華徳院《かとくいん》まで閻魔詣でに出掛けた。

夕刻になり、みなで家に戻ってくると、髪を天神髷に結った三十路年増が冠木《かぶき》門の脇に立っている。

蔵人介をみつけ、年増はつつっと歩みよってきた。

「……お、おりょうどの」

蔵人介のひとことで、後ろの女たちは身を固める。

おりょうは腰を深く曲げ、艶めいた朱唇《くちびる》を開いた。

「本日はお礼にまいりました。先日はおけいさまをお助けいただき、まことにありがとうございました」

「待て、おけいとは誰のことだ」

「『桝屋』のお嬢さまにござります」

「ああ、あの」

蔵人介は合点しかけたが、すぐに怪訝な顔になる。

「何故、おりょうどのがここへ」

「おけいさまに踊りを指南しております。凶事に遭いながらも、九死に一生を得たと聞いたものですから」

蔵人介の目に警戒の色が滲《にじ》む。

凶事を起こした七人の男たちは、ほかでもない、おりょうの見世から出てきたのだ。

「救ったのがわしだと、よくわかったな」

呉服屋の主人から聞いたのだろうと踏んでいると、意外なこたえが戻ってきた。

「町方同心の刈谷重吾《かりやじゅうご》さまからお聞きしたんですよ」

「刈谷重吾」

喰違御門で蔵人介を下手人と勘違いした同心らしい。

「ああ、あの三日月顔か」

「うふふ、三日月顔はひどうござんすよ」

見世のほうに、ちょくちょく顔を出すのだという。

「ともあれ、これを。『塩瀬《しほせ》』のお饅頭にござります。お礼のしるしにお受けとりくださいまし」

蔵人介が饅頭のはいった箱を受けとると、おりょうは意味ありげに微笑んだ。

「あっ、それから、わざわざ蛇の目をお届けいただき、恐れいりましてござります」

蔵人介は、はっきりとおもいだした。蛇の目を軒下の壁にたてかけ、そのあと、怪しい風体の男たちを追いかけたのだ。

おりょうは深々と頭を下げ、小脇を擦りぬけようとする。

「お待ちくだされ」

志乃ではなく、幸恵が立ちはだかった。

「失礼ながら、どちらさまでござりましょう。おさしつかえなくば、当主との因縁をお聞かせください」

眉間に縦皺を寄せ、棘《とげ》のある声で問う。

弓をも引きかねぬ迫力に圧され、おりょうはよろめきかけた。おもわず、蔵人介が後ろから支えてやる。

幸恵の表情は、いっそう険しくなった。

「……す、すみません」

おりょうは立ちなおり、色気のある仕種で襟を直す。

「奥方さま、やましいことなぞ何ひとつござんせんよ。お殿さまは雨宿りのついでに、わたしのお見世に立ちよられたのです」

「まあ、それはいつのことでしょうか」

「七夕の宵にござります。夕立が降っていましたでしょう。うふふ、お風邪でも召されたらいけませんので、湯豆腐を肴にちょいとお酒を」

「ふるまっていただいたのですか」

「ふるまっただなんて、そんなたいそうなものじゃござんせん。それに、ご安心を。お見世はもう、たたんじまいました。もうすぐ、牛込改代町《うしごめかいだいまち》へ移るんですよ。新しい屋号は『たこ七』っていいましてね、手が一本足りない蛸なんです。うふふ、蛸壺みたいに狭いところですけど、よろしかったらみなさまでお越しくださいな」

仕舞いには蓮《はす》っ葉《ぱ》な口調になり、おりょうは妖艶に微笑むと、柳腰をみせつけるように去っていく。

志乃が静かにつぶやいた。

「あのおなご、回向院でも見掛けたぞ。幸恵どの、弓で射ておやりなさい」

幸恵は動かず、口惜しそうに口をへの字に曲げる。

串部が戯《ざ》れたように、弓を射るまねをしてみせた。

蔵人介は『塩瀬』の饅頭がはいった四角い箱を両手で抱え、きまりわるそうに佇むしかない。

幸恵は何も言わず、目のまえを通りすぎて冠木門を潜る。

「人助けのせいで、とんだ墓穴を掘ったものよのう」

志乃は皮肉を込めて言い、饅頭の箱をさっと奪っていった。

「まるで、鳶《とんび》に油揚げだな」

串部はひとりごち、深刻を装った顔で近寄ってくる。

これを掌で拒むと、蔵人介は大股で歩きはじめた。

何故、唐突に見世をたたんだのか。

新しく移る見世の屋号が、どうして、手の一本足りない『たこ七』なのか。

おりょうに糺したいことがいくつかある。

何はさておいても、大蛸の刺青を背負った大男のことを糺さねばなるまい。

後ろから駆けてくる串部に「従《つ》いてくるな」と命じ、蔵人介はおりょうの消えた三ツ股の辻へ向かった。

五

遠くのほうから、子どもたちの唄う盆唄が聞こえてくる。

――ぼんぼんぼんは今日明日ばかり、明日は嫁のしおれ草、しおれ草。しおれた草を櫓《やぐら》へあげて、したからみいれば木瓜《ぼけ》の花、木瓜の花。

牛込改代町は赤城《あかぎ》明神のさきにある。上水の関口が近く、西北には田圃《たんぼ》が広がり、田圃の向こうには音羽《おとわ》や目白《めじろ》の町並みが遠望できた。

改代町の表通りには古着屋が軒を並べ、一歩踏みこめば露地が錯綜している。

露地から露地へ迷いながら歩いていると、雨がぽつぽつ降ってきた。

「あのときと同じだな」

恨めしげに空を見上げ、雨宿りできそうな軒下を探す。

「うおっ、うおん」

犬が吠えていた。

「きゃあああ」

幼子の悲鳴が聞こえる。

露地の狭間に駆けよると、髪をお煙草盆《たばこ》に結った娘の脹《ふく》ら脛《はぎ》に野良犬が喰らいついていた。

目から脂《やに》を垂らした病犬だ。

棍棒を握った大人たちが囲み、ひとりが犬の頭に叩きつける。

「きゃん」

犬は昏倒《こんとう》したが、娘の脹ら脛を噛んだまま離さない。

「おい、誰か口を開けさせろ」

病犬だとわかっているので、誰もそばに近づこうとしない。

娘はなかば意識を失いかけ、四肢を小刻みに震わせている。

蔵人介は迷うことなく、娘のそばに屈みこんだ。

犬の口を上下に摑んでこじ開け、娘から切りはなす。

そして嚙まれた傷痕に口をつけ、血を吸っては吐きすてた。

周囲の連中は、固唾《かたず》を呑んでいる。

「医者はおらぬか」

蔵人介の声に応じ、茶筅《ちゃせん》髷の老人がひょこひょこやってきた。

「おぬしは医者か」

「はい」

「存外に傷は浅い。おそらく大丈夫だとおもうが、あとの処置を頼む」

「かしこまりました。お武家さまの勇気に、みな、感じ入っておりまする」

「そんなことはいい。娘を診てやってくれ」

さきほどの犬は死んでしまったらしい。

放置された屍骸に大粒の雨が当たりはじめた。

ごろっと、雷まで鳴っている。

「来るぞ」

誰かの叫びに合わせるかのように、雨が激しく降ってきた。

すぐさま、大鍋をひっくり返したような土砂降りになり、足許が踝《くるぶし》まで泥水に浸かってしまう。

蔵人介は裾を端折り、小さな稲荷社のほうに駆けた。

祠の観音扉が、なかば開いている。

賽銭箱を横切り、階段を三段上った。

「ぬぐっ」

不覚にも、釘を踏みぬいた。

雨と暗さのせいで、古い板から突きだした釘に気づくことができなかった。

あまりの痛みに、心ノ臓が縮こまる。

釘は赤錆びた五寸釘だ。

血が流れ、階段が赤く染まってしまう。

「ちっ」

運がない。

土踏まずのあたりには、一寸近くの穴があいていた。

袖口には、四十雀に引かせた「凶」のおみくじがはいっている。

捨てられずに携えていたおみくじを丸め、賽銭箱のほうへ投げすてた。

いずれにせよ、一刻も早く止血し、錆を洗って消毒しなければならない。

手っ取り早いのは焼酎を使う手だが、そんなものを持ち歩いているはずもなかった。

月代に脂汗が滲んでくる。

傷口を手拭いできつく縛り、どうにか階段を下りた。

そこへ、人の気配が近づいてくる。

鳥居を潜ってきたのは、蛇の目をさした女だ。

「矢背のお殿さま、どうかなされましたか」

「……お、おりょうどのか」

地獄に仏とはこのことだ。

「釘を踏みぬいた」

「まあ、たいへん。わたしの見世で、すぐに手当を」

おりょうは蛇の目をさしかけ、肩を貸してくれた。

蔵人介は足を引きずり、水浸しの道を進む。

見世は稲荷社の裏手にあった。

黒板塀に囲まれた妾宅《しょうたく》のような佇まいだ。

戸を開けてはいると、へっついのふたつ並んだ土間があり、使い古された板間は黒光りしていた。

おりょうは蔵人介を上がり端《ばな》に座らせ、盥《たらい》を置いて水で満たす。

急いで勝手に向かい、焼酎を抱えて戻ってきた。

「おみ足を」

「すまぬ」

おりょうは蔵人介の足を丁寧に洗い、みずからの膝に踵《かかと》を載せる。

焼酎を呷《あお》って口にふくみ、傷口に向かってぷっと威勢よく吹いた。

「ぬぐっ」

痛みでからだが捩《ねじ》れそうになる。

「堪忍にござります」

さらに、おりょうは焼酎を口にふくみ、傷口に吹いてみせる。

傷を負った右足が痺れてきた。

「すまぬ、もうよい。それだけやってもらえば、あとは傷口が癒えるのを待つだけだ」

「お強いのですね」

おりょうはへっついのそばに屈み、そこに置いてあった鉢植えの葉を何枚かちぎってきた。

「それは弟切草の葉だな」

「よくご存じで」

「雨宿りさせてもらった軒下にあった」

「同じ鉢植えでござんす。ご存じかもしれませんけど、弟切草は薬師草《やくしぐさ》とも呼ぶんですよ」

消毒と血止めに効果があることは知っている。だが、こういうときのために、わざわざ鉢植えにして育てていたわけでもあるまい。

おりょうは葉を何枚か重ね、表面に黒い練り物を塗った。

「それは」

「ぬるでから採った五倍子《ごばいし》の粉、有り体に言えば、お歯黒にござんすよ」

「なるほど」

お歯黒にも消毒と血止めの効果が期待できる。

おりょうは薬草に詳しいばかりか、傷口を上手に縛る技倆にも長けていた。

蔵人介は改代町まで訪ねてきた目途をおもいだし、身を乗りだそうとする。

おりょうは躱すように立ちあがり、へっついに火を入れて湯を沸かしはじめた。

「お寒うござんしょう。ちょいと、お待ちを」

燗酒が出てくるのかとおもいきや、差しだされたのは塗りの鉢によそった具だくさんの汁だった。

「のっぺい汁でござんすよ」

小切りにした魚や鶏肉、さらに、人参、牛蒡、大根などの野菜や豆腐などを甘辛く煮付け、大鍋でいっしょにしたのち、葛《くず》をかけてとろみをつける。

「越後の祝い料理でしてね、向こうじゃ冷たくして食べるんですけど、温かいのも美味しゅうござんすよ」

鉢から湯気が立ちのぼっている。

蔵人介は箸を持ち、熱々の汁を湯気ごと啜った。

――ずるっ。

美味い。

具材の旨味が汁に溶けこんでいる。

「おぬし、越後の出なのか」

蔵人介が問うと、おりょうは淋しげに微笑んだ。

「さいですよ。越後の在《ざい》から出てきた椋鳥《むくどり》なんです」

「椋鳥か」

もう何年もまえに出稼ぎにきて、江戸に居付いてしまったのだ。

「幼いころは、蜻蛉《とんぼ》を切っておりました」

「蜻蛉というと、角兵衛獅子の舞い手か」

「月潟《つきがた》村という雪深い山里に生まれ、物心ついたときは蜻蛉を切っておりました。年子の弟がおりましてね、弟といっしょに長岡《ながおか》城下へもまいりました。でも、角兵衛獅子は子どもでなけりゃ舞えません。そのうちに三味線をおぼえて鳥追《とりおい》になり、宿場町を流しながら座敷に揚げてもらえるようになって……気づいてみたら、椋鳥の群れにまじって三国《みくに》街道を上り、お江戸へ着いておりました」

おりょうの切なげな溜息を聞きながら、蔵人介は弟切草に目を移す。

「年子の弟は、どうしたのだ」

「さあて、どうしちまったものやら」

おりょうは涙ぐみ、長い睫毛を瞬《しばたた》いた。

「群れからはぐれた椋鳥は、すぐに死んでしまいます。運よく生きのこったところで、幸福を摑めるかどうかはわかりません。冷たい世間に背を向けて、闇に隠れて生きるしかないんです。どうせ、ろくな死に方はしませんよ。わたしみたいな女はね……」

おりょうの声が、次第に遠ざかっていく。

もがこうにも、からだが言うことをきかない。

何処からか、幼子たちの盆唄が聞こえてくる。

――ぼんぼんぼんは今日明日ばかり、明日は嫁のしおれ草、しおれ草。

蔵人介の手から、鉢がずり落ちた。

土間に落ちて転がり、汁の残りがこぼれる。

それすらも気づかず、深い眠りに陥った。

六

片腕の鬼が煮立った大釜を櫂《かい》で掻きまぜている。

ここは地獄か。

はっとして、目を醒ました。

いや、ほんとうのところ、目を開けたかどうかもわからない。
漆黒の闇だ。
身動きできず、喋ることもかなわなかった。
雁字《がんじ》搦《がら》めに縛られ、猿轡《さるぐつわ》を嚙まされている。
「ぬぐ」
右足の裏に強烈な痛みが走った。
そうだ。不覚にも釘を踏みぬいたのだ。
痛みのおかげで、生きていることがわかった。
足の裏だけではない。
四肢の節々、腹や背中、顔にも痛みがある。
鈍い痛みだ。
誰かに撲《なぐ》られたか、蹴られたかしたのだろう。
鼻をひくひくさせた。
黴臭《かびくさ》い。潮の香りもする。
水辺に近い蔵のなかであろう。
次第に目が暗闇に馴れてきた。

酒樽のようなものが、うっすらとみえる。

からだを縛る縄目もみえた。

後ろ手に縛られて転がされ、背後の太い柱に繫がれているようだ。

すぐそばに、何か転がっている。

ぎょっとした。

地蔵の首だ。

遠山金四郎が言っていたことをおもいだす。

――縛られ地蔵の首を盗む輩まで出てきやがった。

軍鶏肉の鋤焼きを食わせる『丑市』で聞いたはなしだ。

業平《なりひら》橋の南蔵院に祀られた地蔵の首を切り、罰当たりにも何処かへ運び去った悪党どもがいた。縄目の狭間に書置が挟んであり、朱文字で「義賊鎌鼬参上」と殴り書きしてあったという。

鎌鼬か。

関八州を股に掛けた群盗で、押し入った商家では女子どもまで容赦なく手に掛ける。残虐非道を絵に描いたような連中に、さすがの遠山も手を焼いていた。

ひょっとしたら、藪を突《つつ》いてしまったのだろうか。

呉服屋の娘を拐かした連中が鎌鼬の一味なら、はなしの辻褄は合う。

娘を救っただけでなく、大男の右腕を断った。

盗人どもが恨みを抱いたとしても不思議ではない。

罠に嵌められたにちがいない。

仕掛けたのは、おりょうだ。

呉服屋の娘に踊りを指南していると偽り、誘いをかけたのだ。

まんまと引っかかった。

わずかでも、よこしまな気持ちを抱いた罰が当たった。

それにしても、こんなふうに生かしておく理由がわからない。

女子どもでも平気で殺める連中ならば、仲間を傷つけた相手を生かしておくはずはなかった。

何とかして逃れる手だてはないものか。

動こうとしたが、すぐにあきらめた。

肩から足首まで、固く縛られている。

苦笑するしかない。

まさに、縛られ地蔵そのものだ。

——ぎぎっ。

石臼《いしうす》を挽いたような音とともに、重い扉が開いた。

ごろんと転がり、睨みつける。

龕灯《がんどう》の強烈な光が射しこんできた。

近づいてきたのは、水玉模様の仕着せを纏ったふたりの男だ。

もしかしたら、ここは石川島の人足寄場なのかもしれない。

それにしても、妙だ。

柿色に白の水玉模様は平人足にあてがわれる仕着せだった。平人足が勝手に出歩いてよいはずはない。

「へへ、まだ伸びていやがんのか」

「ふむ、そうらしい。無理もねえさ。何せ、吉松《よしまつ》の兄貴があれだけ蹴りつけてやったかんな」

「にしてもよ、いずれは兄貴がこいつの首を捻るんだろう」

「そいつはわからねえぜ。何せ、兄貴は右腕を失《な》くしちまったんだ」

「ふへへ、大蛸の吉松の右腕を斬るたあ、てえした野郎だ。何でも、公方の毒味役らしいぜ」

「ああ、聞いた。矢背蔵人介といってな、抜刀術の達人なんだとさ」

ふたりはすぐそばまで近づいて屈み、呑み水のはいった竹筒を土間に置いた。

「でもよ、何で生かしておくんだ」

「さあな、かしらの指図に口出しはできねえ」

「そりゃそうだ」

と、応じた男が立ちあがり、おもむろに腹を蹴りつける。

もうひとりもおもしろがり、蔵人介の頬を平手で叩きはじめた。

——ぴしゃ、ぴしゃ。

平手打ちの音を耳にしたのか、戸口に別の人影がのっそりあらわれた。

雲を衝くような大男だ。

「てめえら、何やってる」

怒声を発し、大股で近づいてきた。

「そいつはおれの獲物だ。勝手にかわいがるんじゃねえ」

「……も、申しわけござんせん」

大男は右腕を欠いていた。

喰違御門で対峙した男だとすれば、驚嘆すべき恢復力だ。

この男、吉松というのか。

大蛸は刺青に因んだ綽名《あだな》であろう。

蔵人介は、悪党の名を頭に刻みこんだ。

男たちの口振りから推すと、群盗の頭目ではないらしい。

「消えろ」

水玉人足たちは吉松の声に縮みあがり、携えてきた握り飯を竹筒のそばに抛るや、こそこそ外へ逃れていった。

「へへ、やっとふたりになれたな」

言うが早いか、脇腹にどすんと蹴りを入れてくる。

急所をわずかに外し、つづけざまに同じところを蹴りつづけてきた。

蔵人介は歯を食いしばって息を詰め、理不尽な責め苦に耐えるしかない。

「てめえ、誰の指図でおりょうに近づきやがった。そいつさえ喋ってくれりゃ、楽に三途の川を渡らしてやるぜ」

生かされている理由がわかった。

「どのみち、おめえは助からねえ。じわじわ死んでいく恐怖を味わいな」

――どすん。

重い蹴りが肋骨《あばら》に響く。

おそらく、罅《ひび》がはいったにちがいない。

するとそこへ、また別の人影があらわれた。

「吉松、死ぬぞ。そのくらいにしておけ」

顔は判然としない。

小銀杏髷で黒羽織を纏っている。

近づいてきた途端、あっと息を呑む。

顎のしゃくれた三日月顔、喰違御門で誰何《すいか》された同心だ。

刈谷重吾といったか、おりょうの口から漏れた名をおもいだす。

「誰かとおもえば、寄場同心か」

と、吉松が吐きすてた。

なるほど、鎌鼬の一味が公儀に尻尾を摑ませない理由の一端がみえた。

刈谷はただの廻り方ではなく、人足寄場掛《かか》りの同心にほかならず、兇悪な盗人一味と裏で通じていたのである。

刈谷が脇差を抜いた。

蒼白い白刃を、蔵人介の鼻先に翳《かざ》す。

頬に冷たいものが触れるや、猿轡がぶつっと切れた。

「ぷはあ」

蔵人介は息を吐きだす。

溺れた海から浮上し、岸辺に流れついた気分だ。

刈谷は脇差を鞘に納めた。

「吉松、金輪際《こんりんざい》、おめえは蔵にへえっちゃならねえ。頭目の三次《さんじ》にも厳しく言いわたされたはずだぜ」

「わかってらあ。けどよ、いつまでこいつを生かしておくんだ」

「裏が取れるまでさ。公儀はおめえらの尻尾を摑もうと、躍起になっているんだぜ。町奉行所や火盗 改《かとうあらため》じゃねえ別の連中が動きはじめたってはなしもある」

「何者なんでえ、その連中は」

「わからねえから、そいつを生かしておくのよ。矢背蔵人介がただの鬼役なら、生かしておく理由はねえ」

「ただの鬼役だと知れたら、おれに殺らしてくれんだろうな」

「三次が約束したなら、おれたちは口を挟まねえ。勝手に殺りゃいいさ」

刈谷の口振りから、いくつかのことがわかった。

まず、鎌鼬の頭目は「三次」といい、吉松のような荒くれ者や刈谷のごとき役人を意のままに動かしている。さらに、刈谷は「おれたち」と漏らした。一味に加担する役人は、ほかにもいるのだ。

「吉松よ、どうせ、あと二、三日の辛抱さ」

「ああ、わかった。それまでは飢え死にさせねえように頼むぜ」

大男につづいて同心も去り、石の扉が閉まる。

ふたたび、蔵の内は暗闇に閉ざされた。

喉の渇きと空腹が、いっしょに襲ってくる。

蔵人介は芋虫のように這いずり、土間に転がる握り飯のほうへ向かった。

泣柱《なきばしら》に繋がれた背中の縄が途中で伸びきり、どうやっても前へ進めない。

からだを逆さにして、足のほうを伸ばしてみた。

だが、握り飯も竹筒も爪先で触れるかどうかのところにある。

ふたたび頭のほうを向け、力を入れて前へ進んだ。

ぴんと、縄が張りつめた。

額がわずかだけ、握り飯に触れる。

やった。

慎重に額で転がし、口のところまで運ぶ。

「ぬぐ」

握り飯に鼻を突っこんだ。

土まみれの米を、がつがつ食う。

さらに、竹筒に挑んだ。

が、どうしても届かない。

あきらめて、残りの飯を食う。

「おっ……」

梅干しをみつけた。

「……あ、ありがたい」

酸っぱい果肉を齧ると、頬の内から唾が滲みでてきた。

七

夜と昼の判別もつかない。

口に入れた梅干しの種も乾ききったころ、ふたたび、石臼を挽くような重い音が聞こえてきた。

顔を向けても、光は射してこない。

何者かが足を忍ばせてくる。

ひとりか。

蔵人介は身を固くした。

「矢背さま、矢背蔵人介さま、どちらにおられますか」

「……こ、こっちだ」

近づいてきた相手が、ようやく手燭を灯す。

面明《つらあ》かりに照らされたのは、眉の太い凜々しい面構えの男だ。

平人足の仕着せを纏ってはいるものの、物腰に隙がない。

おそらく、侍であろう。

「拙者、熊川勘八《くまがわかんぱち》と申します。遠山さま配下の隠密同心にござります」

遠山金四郎の密命を受け、以前から人足寄場に潜りこんでいるらしい。

「……そ、そうか」

「しばし、お待ちを」

熊川は匕首《あいくち》を取りだし、背中の縄を切った。

両手首の縄も切られ、すべての縄が解かれていく。

横たわったままで息を大きく吸いこみ、長々と吐いた。

縛めを解かれても、しばらくは起きあがることができない。

それどころか、四肢を動かそうとすると、節々が悲鳴をあげた。

「ひどいことをするやつらだ」

熊川は怒りで声を震わせ、冷たいからだを懸命にさすってくれる。

おかげでどうにか、手足を動かすことができるようになった。

「水をお呑みください」

蔵人介はうなずき、差しだされた竹筒を奪いとる。

最初は慎重に呑み、途中からは喉を鳴らして流しこんだ。

干涸らびたからだに、生気が舞いもどってくる。

「……す、すまぬ。熊川どの、おぬしは命の恩人だ。遠山さまは、わしがこうなったことをご存じなのか」

「いいえ、ご存じありません。連絡《つなぎ》を取るのは五日先にござります」

「ならば、おぬしの独断で助けてくれたのか」

「はい。仕置き蔵に繋がれた幕臣がいると小耳に挟みました。それが鬼役の矢背さまだと知り、何はさておいても救わねばと。矢背さまのことは、遠山さまから酒席で何度もお聞きしておりました。幕臣のなかで唯一、身分に関わりなくつきあえる相手だと、いつも楽しそうに仰って」

「ありがたいな」

「ともあれ、ここから逃げましょう」

「ふむ」

蔵から出ると、空に星が瞬いている。

見張りはいない。

熊川は、ちらりと物陰に目をやった。

筵を捲《めく》ると、見張り役の人足が蹲っている。

匕首で喉を裂かれていた。

「さあ、急ぎましょう」

ふたりは闇に紛れた。

やはり、ここは石川島の人足寄場で、人足たちが「仕置き蔵」と呼んで恐れる蔵は北端にある。周囲は高い塀に囲まれており、塀の向こうは崖のようだった。

熊川は作業棟の並ぶ裏手へ忍びこみ、敷地の南端をめざして慎重に進む。

北端から南端までは、二百五十間（約四五〇メートル）近くもあるらしい。永代橋《えいたいばし》を往復しても、たどりつけない長さだった。

途中で見張りの気配を察し、何度も足止めを食う。

からだを動かすと、頭のほうもまわりはじめた。

「熊川どの、やつらの正体を知っておるのか」

「鎌鼬の一味にござります。矢背さまが右腕を落とした男は大蛸の吉松という荒くれ者で、見掛けからは想像もできませぬが、もとは軽業師であったとの噂も」

「一味の頭目は、三次というらしいな」

「はい。されど、水玉人足のなかで三次の顔を見知っている者はおりません」

「顔のない男の右腕が吉松というわけか」

「いいえ、右腕は権現《ごんげん》の槍九郎《やりくろう》と申す侍にござります」

「侍」

「はい、何でも雄藩の槍指南役であったとか。右頰に無惨な古傷がございます。頭の切れる男で、人足たちから恐れられております」

「待て。さきほどから人足たちと申しておるが、水玉人足のなかに鎌鼬の一味がおるのか」

「少なく見積もっても、三十人は紛れておりましょう。花色に白い水玉模様の仕着せを纏った世話役どもはみな、一味の息が掛かっております。さらに、懸念すべきは役人たちにござります」

役人たちは頬被りをきめこみ、一味のやりたい放題にさせているという。

「鼻薬を嗅がされている連中がおるのです。それがしが知るかぎりでも、寄場同心の刈谷重吾と鍵番筆頭同心の蛭《ひる》間《ま》半《はん》兵衛《べえ》は一味と裏で通じております」

三日月顔の刈谷については、蔵人介も知っている。

「もちろん、同心風情だけでなせることではありませぬ。それがしは、寄場奉行の大《おお》須《す》賀《が》監物《けんもつ》さまからして怪しいと踏んでおります」

「寄場奉行か」

御大《だい》工《く》頭《がしら》並みの職禄二百俵高二十人扶持、さほど高禄取りではない旗本役だが、他者の目が届きにくい塀の内で好きなことができる。実入りは多く、よからぬ連中からの誘惑も多い。

熊川の言うとおり、寄場奉行が盗人一味と通じている公算は大きかった。頂点に立つ寄場奉行の命であれば、たといそれが正義に反するものであっても、下の連中は唯《い》々《い》諾《だく》々《だく》としてしたがうしかあるまい。

遠山は「人足寄場そのものが何やら妙なことになっちまってな」と言っていた。人足寄場を調べるきっかけになったのは、商家の娘たちが神隠しに遭ったことだという。佃島の漁師たちの噂で、年頃の娘たちが怪しい船で何人も連れてこられたと聞いたのだ。

熊川の調べで、人足たちの一部が鎌鼬の一味であることがわかった。頭目の指示を受けた何人かが夜陰に乗じて島を抜けだし、盗人働きをして戻ってくる。人足寄場が一味の隠れ家に使われているだけでなく、人足たちを見張る役人どもが悪事に加担していることもわかってきた。

「寄場奉行の関わりがあきらかになれば、町方の協力も得たうえで一斉手入れと相成りましょう。矢背さまは、そうした矢先に捕まったのでござります」

「すまぬな。わしのせいで、余計なことをさせてしまった」

「何のこれしき。みてみぬふりをしておったら、遠山さまから叱られてしまいます」

蔵人介は苦笑し、首を捻る。

「もうひとつ、聞いておきたいことがある」

「何でござりましょう」

「おりょうというおなごのことだ」

「頭目の情婦がたしか、おりょうと申しました」

「なるほど、そういうことか」

蔵人介は、むっつり黙りこむ。

ふたりはどうにか、南端の一角にたどりついた。

作業棟と少し離れ、病人溜《だまり》と女置場が建っている。

「拐かされた娘たちは水玉模様の仕着せを着せられ、女置場に軟禁されているものとおもわれます」

いずれ近いうちに、黒い帆を立てた戎克《ジャンク》で海の向こうに売られていくはずだと、熊川は言う。

「聞き捨てにできぬな」

「されど、たったふたりでは何もできませぬ。今は島から抜けだすのが先決にござります」

命懸けで助けてくれた熊川のためにも、蔵人介は何よりもまず逃げのびなければならなかった。

女置場の裏手には、堀川へ抜ける裏口がある。

見張りの目を盗み、熊川につづいて木戸を潜りぬけた。
堀川の幅は広く、対岸には住吉《すみよし》神社の明かりがみえる。
どうやら、佃島とのあいだに流れる堀川らしい。
「あれでござる」
藪陰に小舟が繋留してあった。
駆け足で近寄り、汀《みぎわ》へ下りる。
そのときだった。
川のほうから、強烈な光を照射された。
「うっ、みつかった」
龕灯だ。
ひとつやふたつではない。
川ばかりか、汀の前後からも照射されてくる。
光の渦に囲まれ、ふたりは身動きができない。
ひょろ長い侍が、ゆっくり近づいてきた。
右手に管槍《くだやり》を提げている。
「権現の槍九郎」

と、熊川が声を震わせた。

背後に控える手下どもはみな、水玉模様の仕着せを纏っている。

三十人はくだらない数だ。

蔵人介は抗うのをあきらめた。

槍九郎の嗄《しゃが》れ声が聞こえてくる。

「ぬふふ、勘八よ。睨んだとおり、おぬしは公儀の密偵《いぬ》であったな。ばれておるのも気づかぬとは、おめでたいやつだ。さあ、喋ってみろ。誰の指図で動いておる」

「喋るとおもうか」

熊川は匕首を抜いた。

「ふん、死に急ぎめ」

槍九郎が、ぺっと唾を吐く。

腰には何と、黒蠟塗りの鞘に納まった長柄刀を差していた。

拵《こしら》えから推しても、蔵人介の来国次にまちがいあるまい。

「悪党め、ただでは死なぬぞ」

熊川は匕首を逆手に握り、猛然と突きかかっていった。

槍九郎は微動だにせず、愛用の管槍を片手青眼に構える。

蔵人介も動こうとした途端、三方から梯子《はしご》が伸びてきた。

「それ、搦めとれ」

人足たちをけしかけているのは、小銀杏髷の刈谷重吾だ。

「くっ」

咄嗟に身を沈め、梯子はどうにか避けた。

「ぬげっ」

つぎの瞬間、鈍い悲鳴があがる。

管槍の鋭利な先端が、熊川の左胸を貫いていた。

「熊川どの」

蔵人介は膝を屈し、がっくり肩を落とす。

――がつっ。

脳天に痛みをおぼえた。

突棒で上から叩きつけられたのだ。

「ぬぐっ」

刺股が喉に引っかかる。

もはや、抗う余地はなかった。

おそらく、二度と脱出の機会は得られまい。
薄れゆく意識のなかで、蔵人介はそうおもった。

八

石川島と佃島は、大川の河口に中洲のごとく浮かんでいる。二島の狭間にある人足寄場の広さは、一万五千坪にも達するという。大きな豆腐を斜めに切ったような地形をしており、蔵人介と熊川は切り口にあたる部分に沿って北端から南端へ逃げた。

役所へつづく表玄関は北西面のなかほどにあり、渡し場から出た船は大川を渡って鉄砲洲《てっぽうず》稲荷をめざす。表玄関に向かって右手の南西側には炭団《たどん》や蛤粉《こうふん》の製造小屋があり、高い塀を挟んだ向こうには佃島が浮かんでいた。一方、玄関に向かって左手の北側には竹細工や縄細工や紙漉《かみすき》などの作業小屋が並び、人足たちが嫌悪する仕置き蔵も北端にみえる。

蔵人介が連れていかれたさきは仕置き蔵ではなく、厳めしげな番人の守る役所のほうだった。

町奉行所から人足寄場に配された役人の数は、三十人を超える。内訳は小普請組《こぶしん》世話役格五十俵三人扶持の元締が二名、二十俵二人扶持の蛎殻灰製所《かきがらばいせいじよ》掛りと畑掛りが各一名、同格の手業《てわざ》掛りと見張役鍵番と舂場《つきば》掛りが各三名、同格の油搾り掛りが八名、そのほかに見張り番や門詰めなどの下役が十名などとなっていた。

差配役の寄場奉行と寄場掛りの同心だけは、一日ごとに島と役宅を行き来することが許されている。本来ならば寄場掛りの与力も配されているはずだが、今は町奉行所の年番方《ねんばんかた》与力が兼ねており、すべての差配は寄場奉行に任されていた。

蔵人介は後ろ手に縛られ、白洲を模した庭先に正座させられた。

正面には濡れ縁があり、小銀杏髷の男たちが蹲踞《つくばい》同心よろしく左右に侍《はべ》っている。

座敷の奥で脇息にもたれているのが、寄場奉行の大須賀監物であろう。

唇《くち》もとは厚く、額に腫れ物があり、どう眺めても瘤鯛《こぶだい》にしかみえない。

蹲踞同心のひとり、向かって右手に侍った刈谷重吾が口を開いた。

「頭《ず》が高い。寄場奉行さまの御前ぞ」

蔵人介が頭を下げずにいると、左手に侍った同心が裾をからげて飛びおりてくる。

「こやつめ」

鰓《えら》の張った大きな顔で喚き、足の裏でどんと胸を蹴りつけてきた。

身を反らしてまともに喰らうのを避けたが、肋骨に痛みをおぼえる。

瘤鯛の大須賀は扇子を開き、高みから疳高《かんだか》い声を発した。

「蛭間、手荒なまねは控えよ」

「はっ」

蛭間と呼ばれた男は、弾かれたように戻っていく。

ずんぐりした体軀のわりには、すばしこい身のこなしだ。

熊川の言っていた鍵番筆頭同心、蛭間半兵衛にちがいない。

蔵人介は痛みに耐えつつ背筋を伸ばし、無精髭の生えた顎を引いた。

「それがし、本丸御膳奉行の矢背蔵人介でござる。お役目のうえでの身分は、そちらと大差ないはずだが、何故、拙者がかような目に遭わねばならぬのか、しかとご返答願いたい」

瘤鯛は「ふん」と鼻を鳴らし、小莫迦にしたような態度で喋る。

「鬼役め、粋がるなよ。窶《やつ》れきったおのれのすがたを鏡に映してみるがよい。生きて島から抜けたくば、わしの問いにこたえよ」

「生きて島を脱する保証さえあれば、知っているかぎりのことをはなそう」

「莫迦め、保証などないわ。対等の条件を出すはずもなかろう。問いたいことはただひとつ、おぬしが誰の命で動いておるかじゃ」

「誰の命でもないわ」

「嘘を申すな。密偵に命を救われたであろう。それが何よりの証拠じゃ。おぬしらは密偵仲間で、誰かの密命を帯びておったに相違ない」

「何をびくついておる。鎌鼬一味との繋がりをあきらかにされるのが、それほど恐ろしいのか」

「黙れ、死にぞこないめ」

瘤鯛は立ちあがり、脇息を蹴った。

閉じた扇子を差し、声をひっくり返す。

「どうしてもこたえぬと申すなら、今まで以上の苦汁を舐めることになるぞ。そこに控える蛭間は残忍な男でな、掟破りの連中に責め苦を浴びせるのが三度の飯より好きなのじゃ」

「掟を破ったおぼえはない」

「いいや、おぬしは島抜けをはかった。理由の如何にかかわらず、島抜けは斬首じゃ。生かしてやったことを恩に着るがよい。夜が明けるまで待ってつかわす。わしと刈谷は今から島を去らねばならぬが、蛭間にあとを託しておく。夜明けまでに、こたえを用意しておくんだな。さもなくば、爪を一枚ずつ剝がされ、指を一本ずつ折られたあげく、鼻や耳を削がれることになるやもしれぬぞ。ぬひゃひゃ、鬼役づれひとりがこの世から消えたところで、誰ひとり気づかぬだろうて」

大須賀は座敷から立ち退き、刈谷と蛭間も去った。

ふたりの水玉人足があらわれ、後ろから抱えられる。

抗おうとして振りむくと、管槍を提げた槍九郎が近づいてきた。

すっと、穂先を面前に翳される。

「糞役人の糞詮議がすんだら、戻るところはひとつだ。ふへへ、地蔵の首でも抱いて寝るがいい」

役所から連れだされ、引きずられるように仕置き蔵へ向かう。

人足どもの持つ松明《たいまつ》が、そこらじゅうに揺れていた。

女置場のほうからは、獣めいた悲鳴が響いてくる。

「あれが何かわかるか。祭りさ。拐かされた町娘たちが、手下どもに輪姦《まわ》されておるのさ。明晩、娘たちは売られていく。ただで唐人に渡すのは口惜しかろう。戎克《ジャンク》で海を渡るまえに味見をしておかねばなるまい」

「屑め」

吐きすてた途端、鼻先で槍が旋回した。
「りゃ……っ」
石突きを鳩尾に埋めこまれ、蔵人介は声もなく蹲る。
起きあがることもできずにいると、草履の底で頭を踏みつけられた。
「ふん、惨めな野郎だぜ」
横から頬を蹴られ、口中の薄皮が裂ける。
鉄錆びた血の味が、口いっぱいにひろがった。
仕置き蔵の奥に引きずられていき、ふたたび、からだを雁字搦めに縛られる。
後ろ手の恰好で泣柱に縛りつけられたら、もう身動きはできない。
「あばよ、縛られ地蔵」
槍九郎が、ぺっと唾を吐いた。
龕灯の光は消え、石の扉が閉まる。
絶望の淵から覗くことができるのは、暗澹《あんたん》とした闇だけだ。
もはや、食べ物も水も与えられまい。
明け方までの命なのだ。
悲惨な最期を遂げた熊川勘八に祈りを捧げ、どうにか逃れる手だてはないものかと考えた。
「浮かばぬ」
無理のようだ。
「もはや、風前の灯火《ともしび》か」
弱音を吐き、浅い眠りに落ちる。
しばらくして、はっと目を醒ました。
――なあご。
猫の鳴き声が、微かに聞こえてくる。
――ぎっ。
石の扉が開き、隙間から小さな気配が忍びこんできた。
暗闇に赤い目が光っている。
猫だ。
慎重に近づいてくる。
「……べ、べんてんか」
尾の短い三毛猫だった。
手燭の光が灯り、女の白い顔が暗闇に浮かぶ。

「……お、おりょう」

「しっ」

おりょうは人差し指を朱唇に当て、そばに来て屈む。

べんてんも鼻先まで近づき、遠慮がちに顔を舐めてきた。

「うふふ、お久しぶりだね。あれから何日経ったか、ご存じかい。丸四日だよ。わたしのせいでずいぶん痛めつけられたみたいだけど、謝るつもりなんざこれっぽっちもないよ。知ってのとおり、わたしは鎌鼬の三次の情婦だからね」

「盗人の情婦が何の用だ」

「足抜けしたいのさ」

おりょうはあっさり吐きすて、悲しげな目をしてみせる。

「罪もない町娘たちを拐かして唐船に売る。そんなことをする悪党とは縁を切りたいんだよ。何を今さらとお思いだろうけど、三年前に騙されて情婦になったときから、切れたい、三次と切れたいって、いつも考えていたのさ。そこに、あんたがあらわれた。調べさせてもらったよ。幕臣随一の剣客なんだってねえ。ふふ、あんたなら助けてくれるって、そうおもったのさ。でも、正面切って頼むわけにゃいかない。どうせ聞いてもらえないはずだから、強引な手に打ってでるしかなかったんだよ」

「恐いおなごだな。わしがそれほどお人好しにみえるのか」

「お人好しかどうかなぞ、どうでもいいのさ。頭目の三次と手下どもを、ひとり残らず斬っておくれ。諾《だく》してもらえるなら、縄を解いてさしあげるよ」

「空約束になったらどうする」

「どんな約束でも守るのが、お侍というものだろう。わたしはね、あんたに賭けているんだよ」

蔵人介はしばし考え、こっくりうなずいた。

「わかった、約束しよう」

「うふふ、そうこなくちゃね。頼んでおいて何だけど、一味の数は三十人を楽に超えているよ。しかも、一味とつるむ役人どもも三十人からいるし、役所には鉄砲もあるんだよ」

「邪魔者は斬る。何人だろうがな」

「心強いおことばだねえ」

おりょうは懐中に呑んだ匕首を抜き、素早く後ろの縄を切った。

蔵人介は縄目から解放され、自分で手足をさすりはじめる。

おりようはべんてんを抱き、すっと暗がりに消えた。

ふたたび、あらわれたときは猫ではなく、長柄刀と脇差を抱えている。

「あんたの差料《さしりょう》だよ。槍九郎のやつ、大酒を啖《くら》いながら娘を手込めにしていたのさ」

「その隙に盗んだのか」

「お安い御用ってやつでね。ついでに、これも」

おりょうは、水玉人足の纏う仕着せを差しだした。

「同じ色に染まったほうが、やりやすいだろう」

蔵人介は汚れた着物を脱ぎ、水玉模様の仕着せを羽織る。

帯に大小を差して立ち、おりょうを鬼の目で見下ろした。

「手はじめに、おぬしを斬ってやろうか」

「ふふ、どうぞご随意に」

おりょうは間髪を容れずに応じ、堂々と胸を張った。

頭目の情婦だけあって、さすがに胆が据わっている。

蔵人介は薄く笑い、目にも止まらぬ捷さで抜刀した。

——すちゃっ。

つぎの瞬間には、鞘の内に納めている。

おりょうは、大きな鳶色の目を輝かせた。

「頭目の三次は、未明にはかならず島へやって来る。それまでに、島の連中を黙らせておかなきゃならないよ」

「わかった」

「うふふ、あんたに腕を斬られた木偶《でく》の坊《ぼう》も、三次といっしょに来るはずさ」

「大蛸の吉松か」

「肉が分厚いからね、一刀で息の根を止めるのは難しいよ」

「ひとつ教えてくれ」

「何だい」

「三次はどうして、鎌鼬と呼ばれておるのだ」

「相手が気づかぬうちに、傷を負わせている。だから、鎌鼬なのさ」

お茶を濁された気もするが、それ以上追及するのはやめた。

「いざとなりゃ、情婦のわたしが油断させてやるよ」

おりょうは自信ありげに言い、凄艶《せいえん》な笑みを浮かべる。

ともあれ、未明までに残された刻はさほどない。

「なあご」

重い扉のそばには、匕首で喉笛を裂かれた見張りが死んでいた。

尾の短いべんてんが、屍骸の顔をぺちゃぺちゃ舐めだす。

飼い主の犯した罪を、償っているかのようだ。

「何でも舐めりゃいいってものでもあるまい」

蔵人介はひとりごち、死地へと一歩踏みだした。

九

闇のなかを突っ切った。

足の痛みなど感じている余裕はない。

めざすさきは南端の女置場、おそらく、そこに悪党どもが群れているはずだ。

熊川とともに進んだ隧道《ずいどう》を、獣のように駆けぬける。

途中で松明や龕灯が揺れても顧みない。

身を隠しもせず、病人溜を過ぎた。

前方に柵があり、水玉模様の仕着せを着た見張りがふたりいる。

「うわっ、誰だおめえは」

ひとりが叫び、腰の段平を抜いた。

蔵人介は間合いを詰め、低く沈んで抜刀する。

「ひぇ……っ」

つぎの瞬間、見張りの首は宙に飛んでいた。

首無し胴が血を噴くあいだに、もうひとりの首も飛ばす。

白刃を抜いた者は、誰であろうと容赦しない。

屍骸の握る段平を奪い、墓標のように突きたてる。

蔵人介は修羅《しゅら》と化し、柵のなかへ進んでいった。

小屋の入口には、大きな篝火が焚かれている。

悪党面の男たちが、まわりで酒を呷《あお》っていた。

蔵人介は納刀し、のんびりと近づいていく。

ひとりが気づいた。

「おめえ、誰だ」

蔵人介は逆しまに問いかける。

「そう言うおぬしは誰だ」

「莫迦たれ、おれは鎌鼬の手下だぞ」

赭《あか》ら顔の男が腰の段平を抜いた。

その段平を奪いとり、男の腰骨を断つ。

「ぎゃああ」

断末魔の悲鳴に、五人の男たちが振りむいた。

一見しただけで、鎌鼬の一味であることはわかる。

「あっ、鬼役だぞ」

ひとりの怒声が、みなの酔いを吹きとばす。

五人は段平を抜き、一斉に斬りかかってきた。

「ぬおっ」

蔵人介は奪った段平で、やつぎばやに三人を斬った。

四人目は血脂《ちあぶら》の巻いた物打《ものうち》で脳天を叩きわり、五人目は折れた白刃の切っ先で喉仏を貫いた。

篝火が倒れ、断末魔が交錯する。

蔵人介は屍骸から段平を拾いあげ、さきほどと同じように地べたへ突きたてた。

さらに、小屋の正面へ歩を進め、ためらいもせずに扉を蹴る。

「くわっ」

扉の向こうから、白刃を掲げた男が飛びだしてきた。

「ふん」

抜き打ちの一刀で首を落とす。

男が倒れる寸前で段平を奪い、二刀を手にして小屋へ斬りこんでいった。

待っていたのは、十人ほどの破落戸《ごろつき》どもだ。

「殺れ、殺っちまえ」

廊下から広い土間へ飛びおり、つぎつぎに斬りかかってくる。

だが、蔵人介には掠りもしない。

雑魚《ざこ》のかなう相手ではなかった。

「ぎゃ……っ」

血飛沫が飛び、罵声や悲鳴が沸騰する。

気づいてみれば、屍骸の塚ができていた。

返り血を浴びた蔵人介も血達磨《ちだるま》と化している。

充満した血の臭いで、意識を失いそうになった。

屍骸の袖で本身《ほんみ》を入念に拭き、血で滑る廊下へ裸足であがる。

ずきっと、足の裏に痛みが走った。
釘を踏みぬいた傷が膿《う》んでしまったのかもしれない。
だが、痛みを気にしてなどいられなかった。
長い廊下の左右には、鰻《うなぎ》の寝床のように部屋が繋がっている。
手前の部屋の戸を開けた。
「きゃっ」
半裸の女たちが悲鳴をあげる。
対面の部屋にも、傷ものにされた女たちが身を寄せあっていた。
戸を閉め、つぎの部屋へ向かう。
殺気とともに、障子から白刃が突きだしてきた。
鼻先で躱し、国次の切っ先を障子に突きさす。
「ぬげっ」
本身を引きぬくや、胸を刺された男が障子ごと廊下に倒れてきた。
壊れた障子を踏み、さらにさきへと進む。
廊下の曲がり端には、褌《ふんどし》一丁の連中が壁となって立ちはだかった。
「てめえ、死ににきたのか」

叫んだ禿頭《とくとう》の男は段平ではなく、三尺余りの刀を手にしている。
おそらく、一味のなかでも上のほうの連中であろう。
蔵人介には関わりのないことだ。
微塵の戸惑いもみせず、前屈みに斬りかかっていく。
「ぬらああ」
三尺の白刃が風を切り、上段から真っ向に落ちてくる。
蔵人介はひらりと躱し、禿頭の男を袈裟懸けに斬った。
後ろの連中は怯みつつも、必死の形相で斬りかかってくる。
「ぐひぇっ」
「ぬがっ」
そのたびに、悲鳴があがった。
悲鳴の数は、十を超えたにちがいない。
蔵人介はさすがに、肩で息をしはじめている。
が、止まってなどいられない。
止まることは死を意味していた。
気力を振りしぼり、狭い廊下に横たわる屍骸を踏みこえていく。

そして、いよいよ、どんつきの部屋へたどりついた。

部屋の戸が静かに開き、槍の穂先が突きだされてくる。

手込めにした娘を盾にしつつ、権現の槍九郎があらわれた。

「誰かとおもえば、鬼役じゃねえか。へへ、どうやって逃げたんだ」

応じもせず、爪先で躙りよる。

「おっと、わかったぞ。おりょうのやつが裏切ったな」

右頰の古傷が、ひくひく動いた。

「くそっ、あのあま、生かしちゃおかねえ」

「言いたいことがあるなら、地獄で叫べ」

「何だと、おれさまに勝てるとでもおもうのか」

槍九郎は娘の首筋に穂先をあてがい、わずかに身を退いた。

「一歩でも近づけば、娘の命はないぞ」

蔵人介は足を止め、にっと前歯を剝いてみせる。

「……な、何が可笑《おか》しい」

「おぬし、酒を呑みすぎたな。痛みを感じぬのか」

「……な、何を言うか」

吐きすてながらも、槍九郎はがくっと片膝をついた。
ついたほうの腿に、脇差が深々と刺さっている。
知らぬ間に蔵人介が、投擲《とうてき》していたのだ。
「ひゃっ」
娘が咄嗟に逃げた。
その間隙《かんげき》を衝き、一気に間合いを詰める。
「覚悟せい」
抜きはなたれた国次の刃が、槍九郎の首根に食いこんだ。
「ぬげっ」
それでも、最後の抵抗をこころみるかのように、槍の穂先が突きだされる。
蔵人介は左脇で穂先をたばさみ、口金を握って管槍を引きぬいた。
槍九郎に抗う力はない。
血の池に臥せ、二度と起きてはこなかった。
蔵人介は国次を鞘に納め、無表情で踵を返す。
手には管槍を提げていた。
闘いはまだ終わったわけではない。

血腥い小屋から抜けだすと、柵の手前で役人どもが横一線に並んでいた。

焦臭《こげくさ》い。

五人ほどが鉄砲を構えている。

筒先はみな、ぴたりとこちらに向けられていた。

指揮を執る鰓《えら》の張った男は、鍵番筆頭同心の蛭間半兵衛だ。

「あっというまに、三十を超える悪党を斬りおったか。たいしたもんだ。されど、飛び道具にはかなうまい。許しを請うなら今のうちぞ。刀を捨てて縛《ばく》につくがよい。そうしたら、このわしが存分にいたぶってくれよう。いたぶり甲斐のある男はなかなかおらぬからの、できれば生かして捕らえたいものよ」

「喋りが長いな。地獄の閻魔も耳をふさごう」

「何だと。よし、ひとおもいに死なせてやる。者ども、筒を構えよ」

「はっ」

「放てぃ……っ」

乾いた筒音が轟いた。

あたりは硝煙に覆われる。

だが、蔵人介のすがたはない。

段平が墓標のように立っているだけだ。

――びゅん。

刃音が風を裂いた。

「のひぇっ」

蛭間の額に、管槍が突きたっている。

穂先の半分まで深々と刺さっており、仰向けに倒れても噴きだす血の勢いは止まらない。

「ひゃああ」

小者どもは鉄砲を抛り、背中をみせて逃げだす。

倒れた篝火の陰から、蔵人介がむっくり起きあがった。

気づいてみれば、東涯《とうがい》が白々と明けてくる。

おりょうのすがたは何処にもみあたらず、誰ひとり近づいてくる者もいない。

水玉人足たちの起居する小屋は、水を打ったように静まりかえっていた。

誰もが固唾を呑みながら、様子を窺っているのだろう。

鎌鼬の三次は、ほんとうにやってくるのであろうか。

ふと、不安が過ぎる。

蔵人介は女置場の裏手から外へ抜け、堀川のほうへ歩いていった。

十

人足寄場の女置場周辺には、盗人どもの屍骸が累々と転がっていた。

朝陽の欠片が川面にちりばめられても、頭目を乗せた船影はあらわれなかった。

情婦のおりょうもすがたを消し、人足寄場の一帯には血腥《ちなまぐさ》い臭気だけが漂っていた。

蔵人介は佃島へ渡り、漁師に事情を説いて小舟を出してもらい、何とか対岸の鉄砲洲稲荷へたどりついた。命を拾ったその足で市ヶ谷御納戸町の自邸へ戻ると、帰宅を待ちわびていた志乃や幸恵、串部や卯三郎が涙を流さんばかりに無事を喜んでくれた。

毒味御用のほうは橘右近が融通を利かしてくれ、支障はないとのことだった。

蔵人介は自室に籠もって事の顚末《てんまつ》を文にまとめ、勘定奉行の遠山金四郎のもとへ早飛脚を走らせた。

それから、死んだように眠りつづけ、三日目の朝に目を醒ました。

幸恵のこしらえた卵粥《たまごがゆ》を食べると、ようやく生気が蘇ってきた。

さっそくその日から役目に復帰し、橘にも詳しく事情を説いた。

金四郎から「是非会いたい」と呼びだしが掛かったのは、脱出から五日目となる二十五日の晩だった。

柳橋から小舟を仕立て、吉原への入口となる今戸《いまど》橋へ向かった。

今戸橋の近くには、橘右近が妾にやらせている『花扇《かせん》』という小料理屋がある。

金四郎は橘に頼み、密偵に使っていたおたまを見世で預かってもらい、女将修業をさせていた。

三味線の伴奏に合わせて、おたまの艶めいた唄声が聞こえてくる。

導かれた部屋にはいってみると、町人姿の金四郎が鯊《はぜ》の天ぷらで下り酒を一杯飲《や》っていた。

「おう、来た来た。地獄からのご帰還だ」

いつものように戯れた調子で言い、おたまに酌を促す。

蔵人介は座るなり、盃を呷るはめになった。

熱いものが流れおち、五臓六腑《ごぞうろっぷ》に染《し》みわたる。

「美味えだろう。そいつが極楽の味というものさ」

襖障子が開き、豪勢な膳が運ばれてきた。

金四郎がいつも以上に気を遣ってくれたのだ。

蔵人介はすっと膳から離れ、畳に両手をつく。

「遠山さま、申し訳のないことにござります。熊川勘八どのは、それがしを助けたがゆえに、命を落とされました。ご遺族にはお詫びのしようもござりませぬ」

金四郎は盃を置き、しんみりした口調で喋りはじめた。

「熊川は捕り方の鑑《かがみ》だった。でもな、おめえさんのせいで死んだんじゃねえ。無理をさせちまったのは、このおれだ。責を負うのは、おれの役目さ。それにな、おめえさんが捕まっていると知ってりゃ、何はさておいても助けだせと命じていた。熊川は利口なやつだから、おれの気持ちを察してくれたんだ。あいつは次男坊の独り者でな、隠居した父親はおれに言ってくれた。息子はお役目に殉じた。侍らしい最期を遂げたのだから、悲しまないでほしいってな。おれは毅然と構えた双親《ふたおや》のめえで、みっともねえほど泣いた。おめえさんのぶんまで泣いたから、もう気にすることたあねえ」

「そうはまいりませぬ。せめて、ご両親に熊川どのの最期をお伝えせねば」

「そいつはやっちゃならねえと、橘さまにも釘を刺されたはずだぜ。おめえさんは人足寄場で三十人斬りをやってのけた。たったひとりで、兇悪な盗人一味をぶっ潰した。でもな、そいつが噂で流れたとしても信じる者はいねえ。水玉人足どもにも箝口令《かんこうれい》が敷かれた。おめえさんは、島にいなかったことになっている。なにせ、人足寄場の役人どもが裏で盗人一味と通じていたんだからな。そんなことが世間に知れたら、お上のご威光は地に堕ちる」

金四郎は早口で喋りきり、口を一文字に結んだ。

おたまがすかさず、ふたりの盃に下り酒を注ぐ。

「おめえさんは、熊川の仇を討ってくれた。やつはきっと、浮かばれたにちげえねえ。もう、熊川のはなしはよそう。洟水《はなみず》が酒に混じっちまう」

金四郎は盃を呷り、涙を流しながら豪快に嗤いあげた。

「さあ、呑もう。おめえさんの文が大いに役に立ったぜ。寄場掛り同心の刈谷重吾を責めたらな、悪事のからくりをあらかた喋りやがった」

寄場奉行の大須賀監物は役を解かれ、身柄を拘束されているという。

「早晩、切腹の沙汰が下りるだろうよ。おめえさんのおかげで、人足寄場の塵《ちり》は一掃される。熊川も喜んでくれるはずさ」

蔵人介は血走った眸子《まなこ》を剝き、顎を突きだした。

「頭目の行方は、まだわかりませぬか」

「ああ、そいつだけが心残りでな。頭目の三次は何処かに雲隠れしちまった。最初から人相風体もわからねえ相手だ。情婦のおりょうも消えたし、正直、捜しようがねえ。それにしても、何でやつは人足寄場へ来なかったのかな。ひょっとすると、おめえさんは一杯食わされたのかもしれねえ」

金四郎の何気ないひとことが、蔵人介の怒りに火をつけた。

「……ど、どういうことにござりますか」

「まあ、落ちついて聞け。こいつはおれの憶測だ。何故、おりょうがおめえさんに近づいたのか。そして、易々と仕置き蔵へ忍びこみ、おめえさんの縄を解くことができたのか。そいつをな、じっくり考えてみた。するってえと、やっぱしこれは三次の仕掛けた罠だったんじゃねえか。そう、おもったのさ」

「三次がいったい、何を望んだと」

「おめえさんは命と引換に、おりょうと約束をさせられた。縄を解かれた途端に修羅となり、三次の乾分《こぶん》どもを片づけちまった。おそらく、そいつが狙いだったんじゃねえかとおもってな」

「一味を潰滅させることが狙いだったと仰るので」

「ああ、そうだ。三次は稼ぐだけ稼いだ。このあたりが潮時と踏んだにちげえねえ。町娘たちを拐かしたことも、仲間を減らす企てのひとつだったのかもしれねえ。町娘を拐かして売るのは、やつらのやり口じゃねえからな。それに、船手頭や浦賀《うらが》奉行に確かめても、戎克《ジャンク》の船影なんぞ何処にもなかった」


海の向こうへ売るはなしは絵空事であったと、金四郎は自信ありげに言いきる。

「槍九郎を筆頭にして、乾分たちもみんな騙されたのさ。おめえさんは三次の狙いどおり、見事に難しい役目を果たしてくれた。今ごろはおりょうともども、高笑いしているにちげえねえ」


鋭い指摘だ。

平常心を失っていたとはいえ、そこまでは考えがおよばなかった。

おりょうに騙されて一度は地獄をみたのに、盗人の意図することを見抜けず、とんだ道化を演じてしまった。あまりの情けなさに、咆吼したくなる。

こうなれば、草の根を分けてでも、三次とおりょうを捜しださねばなるまい。

金四郎が膝を躙りよせ、みずから酌をしてくれた。

「気の滅入るはなしばかりじゃねえ。おめえさんが救った桝屋の箱入り娘、たしか、おけいといったか、ようやっと外を出歩くことができるようになったらしいぜ」

「さようにございますか」

「おけいはもう、拐かされる心配《しんぺ》えもねえ。おめえさんに助けられなかったら、人足寄場で悲惨な目に遭っていたはずだ。どれだけ感謝してもし足りねえだろうぜ。何せ、鎌鼬に狙われた町娘で助かったのは、桝屋の娘だけだかんな」

桝屋の娘だけというのが、どうも引っかかる。

引っかかる理由をはかりかね、蔵人介はじっと考えこんだ。

金四郎は軽い調子でつづける。

「桝屋の蔵には小判がざくざく音を起《た》ててるってのに、何で連中は小娘ひとりを狙ったのか。よくよく考えてみりゃ、妙なはなしだぜ。鎌鼬の本業は蔵荒しだってのにな。どっちにしろ、たまさか箱入り娘を助けちまったせいで、おめえさんは不運のてんこ盛り、とんだ修羅場を踏まされたってわけさ」

金四郎の言うように「たまさか」だったのであろうか。

そもそも、借りた蛇の目を返しにいったところから、不運がはじまったのだ。

おりょうがわざと蛇の目を返すように仕向けたとしたら、かなり早い段階から敵は蔵人介に注目し、罠を仕掛けていたことになる。

おたまが膳を覗き、弾んだ声で問いかけてきた。

「そのお芋、いただいてもよろしゅうござんすか」

「いいとも」

「まあ、嬉し」

おたまは芋を指で摘み、おちょぼ口で齧る。

美味しそうに咀嚼《そしやく》し、こくんと呑みこんだ。

「おなごにとって芋栗南瓜《いもくりなんきん》は三種の神器、油断をすれば攫《さら》われちまう」

金四郎はみずから三味線を抱え、巧みに爪弾きはじめる。

「娘を助けた見返りに、難行苦行を強いられる。さてこそ事の始まりは凶の字を引いたことなのか、それとも行きずりの女のせいで骨抜きにされたことなのか……」

調子外れの戯れ唄を聞きながら、腑に落ちたことがひとつある。

心に引っかかっていたものの正体に気づき、蔵人介はやおら尻を持ちあげた。

十一

文月二十六日、六夜待ち。

今宵はみなで酒宴を張り、明け方に昇る月に願掛けをする。

高輪縄手《たかなわなわて》の砂浜に縁台を迫りだした『月見亭《つきみ》』でも、一階と二階は客で埋まり、賑やかな宴が繰りひろげられていた。

蔵人介は砂浜に立ち、三味線の音色を聞いている。

三下《さんさ》がりの艶めいた音色に合わせ、呼ばれた芸者の長唄も耳に忍びこんできた。

「角兵衛角兵衛と招かれて、居ながら見する石橋の、浮世を渡る風雅もの、唄うも舞うも囃すのも、ひとり旅寝の草枕……」

しっとり唄う声には、あきらかに聞きおぼえがあった。

ざっざっと砂を踏み、蟹のような体軀の串部がやってくる。

「殿、お待たせいたしました」

「ふむ、どうであった」

「ご推察どおり、おけいという娘は桝屋清次の実子ではござりませぬ。五年前、吉原から身請けした禿《かむろ》であったとか」

「五年前と申せば、桝屋が麴町に見世を出したころだ」

「たった五年で、あれよあれよというまに山の手一の呉服屋にまでなった。問屋仲間のあいだでは七不思議と噂されているそうで」

「鎌鼬と呼ばれる群盗が関八州を股に掛けて暴れだしたのも、たしか、五年前であったな」

「盗んだ金で身代を肥《ふと》らせ、押しも押されもせぬ商人になった。今宵、月見の宴に招かれている客は、大奥の調度品を司《つかさど》る御納戸方の役人たちだとか。枡屋のやつ、大奥の御用達を狙っておるのでございましょう」

「まちがいなさそうだな」

「はい。鎌鼬の頭目は、あそこにおります」

ふたりは二階を見上げた。

「……越路潟、お国名物はさまざまあれど、田舎なまりの片言まじり、獅子唄《しらうさ》になる言の葉を、雁のたよりに届けてほしや、小千谷《おぢや》ちぢみのどこやらが、見え透く国のならいにや、縁を結べば兄やさん、兄じゃないもの夫じゃもの」

長唄にじっと耳をかたむけ、串部は何故か涙ぐむ。

「物悲しい唄でございますな。おりょうというおなご、角兵衛獅子を生業《なりわい》にしておったと仰いましたな。幼いころから苦労を重ね、たどりついたさきが盗人の情婦《いろ》だったとすれば、哀れなはなしにございます」

だからといって、許すわけにはいかない。

おりょうは三次の指図を受け、蔵人介を罠に嵌めた。

密偵の熊川勘八を殺めさせ、仲間だった連中も見捨てた。

何よりも、凄惨な手口で盗みを重ねてきた三次の情婦なのだ。

「おなごは、拙者が斬りましょう」

串部の申し出を、蔵人介は拒んだ。

「いいや、わしがやる」

串部は黙ってうなずき、もうひとつの懸念を口にした。

「吉松とか申す大男は、何処へ消えたのでしょうな」

「消えてはおらぬさ」

「えっ」

「あやつは、おりょうのそばにいる。理由はわからぬが、そんな気がするのだ」

「なれば、いっそう油断はできませぬな」

三味線の音色が消えた。

宴はつづいているものの、さきほどまでの勢いはない。

明け方まではまだ数刻あるので、客もひと眠りするのであろう。

松の木陰に隠れていると、三味線箱を抱えた女が表口にあらわれた。

菅笠で顔を隠しているものの、おりょうにまちがいない。

蔵人介と串部は闇に溶け、情婦の背中を追った。

おりょうは後ろを気にしながら、松並木の薄暗い街道を大木戸《おおきど》跡まで足早に歩き、ひょいと右手の車町《くるまちょう》へ折れていく。

まっすぐ進めば泉岳寺《せんがくじ》だが、途中から車町の四つ辻に向かった。

辻角には『なんでも十六文』と書かれた屋根看板を掲げた十六文見世がある。

一階と二階にひと部屋ずつ、小さな箱を積んだような建物で、狭い階段を上っても踊り場や廊下はない。

表の木戸は閉まっていたが、軒行灯は点いていた。

留守番の者がいるのだろう。

――とんととととん。

おりょうが戸を敲《たた》くと、音もなく潜り戸が開いた。

しばらくして、二階に淡い明かりが点る。

十六文見世の二階は、男女が密会を楽しむ曖昧《あいまい》宿と決まっていた。

「殿、どうなされます」

「待ってみよう」

役人の接待に飽きた三次とおりょうが、骨休みのために借りたところかもしれない。

案の定、しばらく物陰で待っていると、頰被りの男がひとりやってきた。猫背気味に歩く物腰は、まちがいなく、三次のものだ。

「来おった」

串部が興奮気味に漏らし、頰を強張らせる。

三次は左右に人気がないのを確かめ、おりょうと同じ要領で戸を敲いた。

——とんとととん。

同じように潜り戸が開き、三次は内へ消えていく。

「下から追いたてるにせよ、屋根伝いに逃げられたら厄介でござりますな」

串部が不安そうな顔で、隣家と繫がる屋根を仰ぐ。

警戒してなのか、二階の障子窓は開いていない。

「逃れ口はひとつ、あの障子窓しかござりませぬ」

「よし、上と下に分かれよう」

蔵人介が薄く笑うと、串部は鬢を掻いた。

「拙者、高いところが不得手でござる」

「ああ、わかっておる。されどここはひとつ、おぬしに上ってもらわねばなるまい」

「何故にでござりますか」

「おぬし、野良猫の鳴きまねが上手いと自慢しておったろう。残念ながら、わしは上手に鳴けぬ」

「はあ」

「屋根に上ったら、さっそく鳴いてくれ。『なあご』とな。それを合図に、わしが下から踏みこむ」

「そんな、殺生《せっしょう》な」

二階の障子越しに、人影がふたつ映しだされた。

「四の五の言うておる暇《いとま》はないぞ。急ぐのだ。気取られぬように、隣家の屋根から伝っていけ」

「はあ」

串部は頼りなげに返事をし、闇の狭間に消えていった。

じりじりとしたときが過ぎ、次第に焦りが募ってくる。

目を閉じて気を鎮めたところへ、野良猫の鳴き声が聞こえてきた。

——なあご。

自慢するだけあって、たしかに上手い。

蔵人介は戸口に歩みより、拳で軽く戸を敲いた。

――とんとととん。

潜り戸が音もなく開き、意を決して潜りぬけると、皺顔の老婆が飾り物のように座っていた。

「吉松かい」

発したのは、老婆ではない。

二階から、おりょうが問うたのだ。

蔵人介は応じず、老婆の脇を擦りぬけた。

床に置かれた茶筒を拾い、抜き足差し足で急な階段を上る。

――ぎっ。

板の軋みが、心ノ臓を締めつけた。

二階のふたりは、息を殺している。

すでに、行灯は吹きけされていた。

障子越しに射しこむ星明かりだけが頼りだ。

階段の最後の一段に爪先を掛け、茶筒の蓋をそっと外す。

「ふおっ」

茶筒を宙へ抛るや、光の筋が閃《ひらめ》いた。

ぶちまかれた茶葉を擦りぬけ、漆喰《しっくい》の壁に何かが突きささる。

それが七寸におよぶ毒針であることを、蔵人介は瞬時に見抜いた。

見抜くと同時に、二階へ躍りでる。

――ひゅん。

白刃が蛇の舌のように襲いかかってきた。

鬢の脇で躱し、国次を抜きはなつ。

「ふん」

擦りつけの一刀が、相手の臍下《せいか》を裂いた。

「くっ」

「おまえさん」

三次とおりょうの影がひとつになり、窓のほうへ逃れる。

「串部」

蔵人介が叫ぶや、窓の障子が外から蹴破られた。

「ひぇっ」

悲鳴をあげたおりょうが、畳に尻餅をつく。

三次はおりょうを盾にして屈み、三白眼に睨みつけてきた。

「誰かとおもえば、死に損ないの鬼役か。おれの正体がよくわかったな」

「天網恢々疎《てんもうかいかいそ》にして漏らさず。何処に隠れようと、悪党は罪から逃れられぬ」

「しゃらくせえ」

三次が袖を振った。

二本の毒針が飛んでくる。

これをよけず、蔵人介は長い柄で受けた。

「なるほど、こいつが鎌鼬の正体か」

毒針を抜き、畳に抛りなげる。

「殿」

串部が壊れた窓から顔を出した。

「控えておれ」

蔵人介が一喝するや、手負いの三次が飛びかかってきた。

「死ね」

蛙のように跳躍し、白刃の切っ先を眉間に向ける。

――きゅいん。

これを弾くと、激しい火花が散った。

「くそったれ」

三次が二ノ太刀を突きあげる。

それよりも一瞬早く、国次は首筋を裂いていた。

ぱっと、鮮血がほとばしる。

三次は声もなく、滑るようにひっくり返った。

「……お、おまえさん」

おりょうが両手をひろげ、屍骸に覆いかぶさる。

刹那、建物が大揺れに揺れた。

「うわっ」

叫んだのは、串部だ。

ふたつの人影が組みあったまま、屋根を転がって下に落ちていく。

「串部」

蔵人介が呼んでも、聞き慣れた声は返ってこない。

――どどん。

大音響とともに、一階の表玄関が蹴破られた。

「ぬおおお」

獣のような咆吼が轟《とどろ》き、大きな人影が階段を駆けあがってきた。

「おりょう、無事か」

顔を覗かせたのは、右腕を失った吉松だ。

蔵人介は合点した。

吉松はおりょうの実弟なのだ。

それゆえ、生かされていたにちがいない。

「吉松、おやめ。おまえのかなう相手じゃないよ」

「うるせえ」

吉松はおりょうの制止を聞かず、左手に握った手斧《ておの》を振りあげた。

刹那、蔵人介に腹をざっくり裂かれる。

「ぐおっ」

分厚い肉が上下に開き、小腸《ひやくしろ》がぞろぞろ飛びだしてきた。

それでも、吉松は手斧を振りまわし、階段から転げおちていった。

「うわああ」

おりょうがいくら泣き叫んでも、情夫と実弟はあの世から戻ってこない。

これが悪党の運命だと、潔くあきらめるしかなかった。

おりょうは蒼白な顔で、三次の屍骸をみつめている。

「ぬひ、ぬひゃひゃ……」

唐突に笑いだした。

畳に流れた血を顔に擦りつけ、物狂いのように笑いつづける。

「……お、おかげで、業《ごう》から逃れられる……あ、ありがとうよ」

おりょうは俯《うつぶ》し、三次の握った白刃に喉を押しつけた。

そして、ひとおもいに滑らせる。

新たな血が畳に流れていくのを、蔵人介は無言でみつめた。

「……と、殿」

階段の下から、串部が呼びかけてくる。

屋根から落ちて腰をしたたかに打ったらしく、痛そうに顔をゆがめていた。

「怪我はないか」

「ござりませぬが、金輪際、屋根だけはご勘弁願います」

情けない従者の声が、切ない気持ちを少しだけ明るくさせた。

蔵人介はおりょうのそばに身を寄せ、そっと瞼を閉じてやった。

十二

――月の岬。


江戸の人々にそう呼ばれている月見の茶屋が、高輪の縄手には何軒かある。

そのうちのひとつ、こぢんまりとした『みよし』という船宿の二階に、矢背家の面々は集まっていた。

志乃と幸恵、居候の卯三郎、それに下男の吾助や女中頭のおせきもいる。

みなで静かに酒を酌みかわし、明け方を待ちわびていた。

蔵人介と串部が戻ってきても、たいして関心をしめさない。

厠のついでに風にでも当たってきたのだろうと、その程度にしかおもっていないようだった。

串部は痛めた腰をかばいつつも、みなのまえでは平気を装っている。

うつらうつらとする志乃のかたわらで、幸恵は文を読んでいた。

手垢がつくほど読みかえした鐵太郎からの文だ。

――父上さま、母上さま、ご健勝でありましょうや。わたくし鐵太郎は無事に大坂の地を踏み、緒方洪庵先生のもとでお世話になっております。大坂はさすがに商人の町だけあって活気に溢れており、見るもの聞くものすべてが新鮮で、毎日が楽しゅうてなりませぬ。淀川《よどがわ》を行き来する三十石船《さんじっこくぶね》や堂島《どうじま》の賑わいを、おふたりにもおみせしとうございます。

蔵人介も何度か読みかえした。

大坂での暮らしぶりが、躍るような筆跡で綴られていた。

――……日々刻苦勉励につとめ、かならずや、人の役に立つ者になりたいと望んでおります。父上さま、母上さまにおかれましては、くれぐれも、おからだをご自愛くださりませ。

仕舞いのほうは、幸恵の涙で文字がにじんでいる。

それと相前後して、矢背家の家宝である『鬼斬り国綱《くにつな》』が戻されてきた。

志乃に宛てた文には「大坂まで供をしてもらい、どれだけ心強かったか知れませぬ。お婆さまに励まされているようで、道中もいっこうに辛さを感じませんでした。されども、大坂にあって手許においておくのは忍びなく、熟慮のすえにお戻しすることにいたしました。どうか、本来あるべきところにお納めくだされますよう」といった内容が綴ってあった。

想像するに、師匠の緒方洪庵から「無用の長物」と断じられたに相違ない。

飛脚の手で戻された『国綱』は今、仏間の長押《なげし》に戻されている。

志乃はきまりがわるいのか、みなの寝静まった夜中に起きだして庭で『国綱』を振りまわし、家宝の感触を確かめているようだった。

何もかもが元の鞘に納まりつつある。

鐵太郎の身に起こったことも、蔵人介の身に起こったことも、やがて、ときの流れに泡沫《うたかた》と消えてしまうのだろう。

群盗の頭目は死に、情婦もあとを追った。

人足寄場の役人たちは一掃され、市井《しせい》の人々はこともなく日々の暮らしを繰りかえしていく。

おもえば、四十雀のおみくじで「凶」を引いたときが、不運のはじまりであった。

が、どうにかこうして生きている。生きていることを感謝しなければなるまい。

東涯が白みはじめ、月の出が近づいてきた。

一瞬の三光を拝もうと、みなは二階から身を乗りだす。

「あっ、出おったぞ」

縄手の全体から、歓声が沸きあがった。

なるほど、月は三つに分かれて輝きだす。

阿弥陀、観音、勢至《せいし》の三尊が坐《いま》すようにもみえた。

幸恵が膝を寄せてくる。

「何をお願いなさったのでござりますか」

「ん、そうよな」

蔵人介は言いかけ、ことばを呑みこんだ。

「申さぬことにしよう。願い事を口にすれば、かなわぬらしいからな」

奇しくも、おりょうと同じ台詞を吐く。

「さようでござりますね」

幸恵はうなずき、慈愛の籠もった顔で微笑む。

どうせ、鐵太郎の無事を月に願ったのであろう。

蔵人介は、平穏な暮らしがつづくようにと願った。

幸恵の朗らかな笑顔がいつまでも消えぬようにと祈った。

やがて、三つの光はひとつになり、空は白々と明けていく。

空と海の境界はくっきりと分かれ、凪《な》ぎわたる沖合は眩いばかりの煌めきを放ちはじめた。

光文社文庫

文庫書下ろし／長編時代小説
手《て》　練《だれ》　鬼《おに》役《やく》 十五
著　者　坂《さか》　岡《おか》　真《しん》

2015年6月20日　初版1刷発行
2024年2月10日　2刷発行

発行者　三　宅　貴　久
印　刷　大　日　本　印　刷
製　本　大　日　本　印　刷

発行所　株式会社　光　文　社
〒112-8011　東京都文京区音羽1-16-6
電話（03）5395-8149　編　集　部
8116　書籍販売部
8125　業　務　部

ISBN978-4-334-76930-7　Printed in Japan

組版　萩原印刷

鬼役メモ

画・坂岡 真

※ページ内側にあるキリトリ線で切って、備忘録にお使い下さい。

キリトリ線

キリトリ線

鬼役メモ

画・坂岡 真

※ページ内側にあるキリトリ線で切って、備忘録にお使い下さい。

鬼役メモ

画・坂岡 真

※ページ内側にあるキリトリ線で切って、備忘録にお使い下さい。

キリトリ線

キリトリ線

鬼役メモ

画・坂岡 真

※ページ内側にあるキリトリ線で切って、備忘録にお使い下さい。

鬼役メモ

画・坂岡 真

※ページ内側にあるキリトリ線で切って、備忘録にお使い下さい。

キリトリ線

キリトリ線

鬼役メモ

画・坂岡 真

※ページ内側にあるキリトリ線で切って、備忘録にお使い下さい。

鬼役メモ

画・坂岡 真

※ページ内側にあるキリトリ線で切って、備忘録にお使い下さい。

キリトリ線

キリトリ線

鬼役メモ

画・坂岡 真

※ページ内側にあるキリトリ線で切って、備忘録にお使い下さい。

鬼役メモ

画・坂岡 真

※ページ内側にあるキリトリ線で切って、備忘録にお使い下さい。

キリトリ線

キリトリ線

鬼役メモ

画・坂岡 真

※ページ内側にあるキリトリ線で切って、備忘録にお使い下さい。

鬼役メモ

画・坂岡 真

※ページ内側にあるキリトリ線で切って、備忘録にお使い下さい。

キリトリ線

キリトリ線

鬼役メモ

画・坂岡 真

※ページ内側にあるキリトリ線で切って、備忘録にお使い下さい。